쥐뿔도 없는 회귀

쥐뿔도 없는 회귀 13

목마 퓨전 판타지 장편소설

초판 1쇄 찍은 날 | 2019년 1월 14일
초판 1쇄 펴낸 날 | 2019년 1월 21일

지은이 | 목마
펴낸이 | 예경원

기획 | 위시북스
편집책임 | 이규재
편집 | 위시북스

펴낸곳 | 예원북스
등록번호 | 제396-2012-000132호
등록일자 | 2012. 7. 25
KFN | 제1-359호

주소 | 경기도 고양시 일산동구 호수로 646-24 위너스21II빌딩 206A호 (우)10401
전화 | 031-819-9431 팩스 | 031-817-9432
E-mail | yewonbooks@naver.com

ⓒ목마, 2018

ISBN 979-11-89824-03-7 04810
　　　979-11-6098-833-8 (set)

쥐뿔도 없는 회귀

13

목마 퓨전 판타지 장편소설

WISHBOOKS FUSION FANTASY STORY

Wish Books

쥐뿔도 없는 회귀

CONTENTS

1장
동행(2)

　사마련이 있는 하라스와 무림맹이 있는 크론. 그 두 도시 사이의 거리는 어마어마했다.

　이성민도 다양한 이유를 두고서 에리아 전역을 돌아다니기는 했었지만, 이 정도로 먼 거리를 여행하는 것은 이번이 처음이었다.

　게다가 크론까지 가는 것이 끝이 아니다. 크론에 들른 후에는 북쪽 트라비아에도 가보는 것이 계획이었다.

　여정을 함께하는 것은 사마련주와 스칼렛. 그리고 한 명이 더 붙었다.

　길이 워낙 멀었기 때문에 마차를 타기로 하였는데, 마차를 몰 만한 사람이 마땅히 없었기 때문이었다.

"예화라고 합니다."

사마련주는 사마련의 안에서, 드러나지 않은 친위대를 두고 있다. 그들은 철저하게 사마련주만의 말을 따르면서, 사마련 안에서는 두각을 보이고 있지 않다.

과거 위지호연을 레그로 숲까지 호위했던 홍화(紅花)가 사마련주가 가진 친위대 중 하나다.

예화는 그 홍화의 단주를 맡은 인물이었다. 이성민은 어깨 근처에서 자른 단발머리에 여우 가면을 씀으로써 얼굴을 가리고 있는 예화를 힐긋 보다가 사마련주에게 전음을 보냈다.

[왜 가면을 쓰고 있는 겁니까?]

[본좌의 흉내를 내는 것이다.]

사마련주가 시큰둥한 목소리로 답했다. 그 말에 이성민은 혹시나 싶어서 다시 물어보았다.

[혹시 스승님의 숨겨 둔 딸이라거나 그런 겁니까?]

[말이 되는 소리를 해라. 본좌는 자식을 두지 않았다고 몇 번을 말해야 하는 것이냐?]

[그렇다면 양녀?]

[본좌는 그렇게 생각하지 않는다만, 저 아이의 생각은 다를지도 모르지. 본좌가 친위대로 삼고 있는 녀석들은 대부분이 천애고아다. 사마련이 있는 하라스와 이 근처에는 개방 거지새끼들도 활동하지 못한다. 결국 이 도시의 거지들은 개방이라는 뒷배도 두지 못하고서]

사파 양아치들에게 치여가며 하루하루를 살아가지.]

[그들을 자비롭게 거두셨다?]

[그것은 아니다. 구걸 따위를 하며 연명하기에는 아까운 근골을 가진 녀석들을 거두어다가, 밥을 주고 거처를 주어 무공을 익히게 만들었다.]

사마련주는 그렇게 대답하면서 예화를 지나쳤다. 예화는 사마련주가 자신의 곁을 지나자 머리를 꾸벅 숙였다. 예화의 머리는 사마련주가 완전히 지나칠 때까지 들리지 않았다.

[그것만 해줄 뿐인데도 본좌가 거둔 놈들은 본좌의 말이라면 죽음조차 기쁘게 받아들이지. 놈들이 지금 가진 것을 준 것이 본좌이기 때문이다. 멀쩡한 놈을 수하로 거두어 충성심을 갖게 하는 것보다는, 사리분별 못 하는 어린 거지를 거두어다가 적당히 챙겨주어 충성을 새기는 것이 본좌에게는 편했다.]

이성민은 뒤를 힐긋 보았다. 예화는 아직까지 머리를 숙이고 있었다.

말은 저렇게 하였지만, 이성민은 사마련주가 예화를 비롯한 친위대원들에게 저것만 해준 것이 아닐 것이라 짐작하고 있었다.

이성민이 여태까지 함께 지내며 느낀 사마련주라는 인물은, 하는 말과 행동이 조금은 다른 인물이었다.

[홍화 전체가 가는 겁니까?]

[그건 너무 눈에 뜨여. 가는 것은 예화뿐이다. 마차를 몰 만한 사람이 없으니까. 홍화를 비롯한 다른 친위대들은 본좌가 없는 동안 사마련의 내부에서 숨을 죽이고 있을 것이다.]

[사마련이 걱정되시는 겁니까?]

이성민은 사마련주가 했던 말을 떠올렸다. 천 년의 수련에서, 사마련주는 무공에 대한 열망 외의 다른 것들은 버렸다고 했다.

그 말 역시…… 이성민은 완전히 믿지는 않았다. 그런 것치고 사마련주는 자기 외에 다른 것들에도 적잖게 신경을 쓰고 있었기 때문이었다.

레그로 숲에 은거한 동안에도 오슬라의 도움을 받아 주기적으로 사마련에 개입했었고, 친위대까지 만들어가며 사마련의 내부 상황을 살펴왔다.

[최소한의 자각이다.]

사마련주의 걸음이 마차 앞에서 멈췄다.

[본좌가 선 위치를 자각하는 것이지. 본좌는 독보군림하고 있는 것이 아니니까. 이러니저러니 해도 본좌는 사마련의 련주다. 본좌가 바란 적은 없지만, 많은 이들이 본좌의 발끝에 목숨줄을 붙이고 있지.]

[그들을 죽게 만들고 싶지 않으신 겁니까?]

[죽으면 어쩔 수 없지. 하지만, 말하지 않았느냐. 최소한의 자각이라고.]

사마련주는 그렇게 말하면서 마차에 올라탔다. 마차의 안에는 이미 스칼렛이 타 있었다.

편의를 위한 여러 가지 마법들이 걸려 있는 마차는 어지간한 저택의 값보다 더했고, 그만큼 마차라고 할 수 없을 만큼 안락했다.

"출발하겠습니다."

마차의 문을 열고 예화가 그렇게 말했다. 처음에는 여우 가면을 쓰고 있었지만, 지금의 예화는 가면을 쓰고 있지 않았다.

가면을 쓴 마부가 끄는 마차는 지나가는 꼬맹이도 보고서 의심할 것이다. 사마련주가 머리를 끄덕거리자, 예화가 곧바로 마부석에 올라 마차를 몰기 시작했다.

"어떠냐?"

사마련주가 물었다. 자연스레 가부좌를 틀고서 명상에 들어가려던 이성민은, 사마련주의 질문이 자신에게 향한 것임을 깨닫고서 감으려던 눈을 떴다.

"뭐가 말입니까?"

"저 아이, 예쁘다고 생각하느냐?"

"……갑자기 뭔 말이십니까?"

"네놈이 아닌 척하면서 주변에 여자를 꾀어대니, 혹시나 해서 묻는 것이다. 예화는 네가 말한다면 고민할 것도 없이 네 앞에서 옷을 벗을 테니까."

"저기요. 나도 지금 듣고 있거든요?"

마도서를 꺼내던 스칼렛이 사마련주를 흘겨보면서 사나운 목소리로 내뱉었다.

"들어서 안 될 이야기를 하는 것도 아니잖나?"

"별로 듣고 싶은 이야기도 아니라고요."

스칼렛이 투덜거렸다. 사마련주는 그 말에 껄껄 웃으면서 머리를 끄덕거렸다.

"배려심이 부족했군."

"되게 상냥하시군요. 저를 대할 때와는 다르게 말입니다."

"본좌는 예의를 모르는 인물은 아니다."

"왜 저에게는 그 예의를 챙기지 않으시는 겁니까?"

"본좌에게 있어서 예의란 적당한 거리감이다."

사마련주가 피식 웃으며 말했다. 스칼렛은 그 말을 듣고서 흥하고 코웃음을 쳤다. 그녀도 어느 정도는 느끼고 있었다. 사마련주가 보여주는 것이 단순한 호의가 아닌, 적당한 거리를 둔 방관이라는 것을.

"제자인 너에게도 거리감을 두어야 할까?"

"……그냥 평소대로 하십시오."

"어쨌든. 예화를 건드리는 것은 상관없다만, 할 거면 본좌가, 적탑주가 모르는 곳에서 하도록 해라."

"안 합니다."

"지조 있는 척하기는."

사마련주가 이죽대는 말을 무시하며, 이성민은 눈을 감고 명상에 들어갔다. 머릿속에서 허주가 킬킬거렸다.

[점잖은 척하기는. 즐길 수 있을 때 즐기는 편이 좋지 않겠느냐?]

'너까지 왜 개소리야?'

그렇게 내뱉어 준 뒤에 머릿속에서 잡념을 지워낸다. 이성민은 가장 최근에서의 싸움을 복기했다.

창왕과의 싸움이었다. 인정할 것은 인정해야만 했다. 창왕의 무공은 이성민보다 몇 수는 높은 경지에 있었다.

창왕 이상의 공력으로 부족한 것을 메우려 했으나, 창왕의 기교가 만들어내는 격의 차이는 넘치는 공력만으로 어찌 메울 수 있을 만한 것이 아니었다.

구천무극창 팔초인 환계를 펼쳤음에도 끝을 내지 못했다. 어느 정도 우위를 점할 수 있었던 것은 사실이었으나, 환계는 양날의 검이다.

장기간 지속한다면 이성민의 요력이 폭주하게 된다.

'방법을 찾아야 해.'

어떤 식으로든. 이성민은 아랫입술을 잘근 씹었다.

마차가 멈춘 것은 밤이 되고 나서였다. 마부인 예화는 상관없다고 말했지만, 사마련주의 의견은 달랐다.

굳이 서두를 것이 없지 않냐는 그 말에, 예화는 반박하지 않고서 얌전히 장작을 모아 불을 지폈다.

생각할 거리가 많아 잠이 오지 않았다. 사마련주는 태평하게 마차 안에 들어가서 잠을 청했지만, 이성민은 모닥불 근처에 앉아 불을 지켜보았다.

아벨에게 들은 이야기는 여전히 이성민을 혼란스럽게 만들고 있었다.

또한, 애매한 상태에 놓인 자신의 몸뚱이도.

멀지 않은 곳에서 스칼렛은 두꺼운 로브의 안에 몸을 웅크리고 앉아 있었다. 이성민은 안경을 쓰고서 펜을 움직이는 스칼렛을 힐긋 보았다.

"뭘 쓰고 계시는 겁니까?"

"마도서."

스칼렛이 대답했다.

"귀찮기는 하지만 써두는 편이 좋을 것 같아서."

"어디 기증이라도 하실 생각입니까?"

"처음에는 후학 양성을 위해 마법사 길드에 기증할 생각이었는데. 생각해 보니까, 원로원 빡대가리들이 어린놈들 잘되는 꼴을 두고 볼 것 같지가 않더라고. 내가 다들 읽을 수 있도록 기증해 봤자, 그 새끼들은 자기들만 챙겨 보고 공개하지 않을 거야."

이성민은 마법사 길드에 대해 잘 알지 못한다. 하지만 아벨의 이야기를 통해, 마탑주들보다 위에 있는 원로원들이 썩을 대로 썩었다는 것은 어느 정도 알게 되었다.

"하지만 일단 완성은 해야지. 나 혼자 가지고 있기에는 아까우니까. 언젠가…… 기회가 된다면 공개할 때가 있겠지."

스칼렛은 그렇게 중얼거리며 안경을 벗었다. 그녀는 쭉 기지개를 피고선 목을 좌우로 꺾었다. 그러더니 몸을 일으켜서 마차 쪽으로 다가갔다.

"피곤하니까 먼저 들어가서 잘게."

"안에는 스승님이 있는데요."

"잠자는 내 몸을 더듬을 만큼 파렴치한은 아니라고 생각하는데?"

"그렇긴 하죠."

이성민의 대답에 스칼렛이 까르르 웃었다. 문을 열던 스칼렛이 멈칫 서더니 이성민을 돌아보았다.

"고민이 많은 모양인데. 생각하고 생각해서 답이 나오지 않는다면…… 때로는 생각을 아예 안 하는 것이 답일 수도 있어."

속내를 들킨 것만 같아 이성민은 멋쩍게 웃었다. 스칼렛은 그런 이성민을 보며 어깨를 으쓱거렸다.

"뭐, 이렇게 말은 하지만 나는 네가 무슨 고민을 하고 있는지는 몰라. 그렇다고 너에게 듣고 싶은 것도 아니야. 괜히 남의 고민을 들어주었다가 머리 굴려 가며 도움이 될 만한 조언을 해주고 싶지는 않거든."

"……괜찮습니다."

"그렇다면 다행이고. 하지만 말이야, 정 답답하고 힘들다면 건전한 방식으로 위로해 줄 수는 있어."

"건전한 방식은 또 뭡니까?"

"불건전한 방식의 정 반대지."

스칼렛이 짓궂은 미소를 지었다.

"아니면, 다 커버려서 꼬마가 아니게 된 너는 불건전한 방식이 더 구미가 당기나?"

"아닙니다."

"정색하고 대답하기는. 괜히 상처받게 말이야."

"그것도 농담입니까?"

"네가 너무 굳어 있는 것 같아서, 기분 좀 풀라고 해준 말이야. 물론 네가 바란다고 해서 불건전한 방식의 위로를 해줄 생각은 없어. 그냥 술 마시고 푸념이나 들어주겠다는 뜻이지. 영혼 없이 머리만 끄덕끄덕 맞장구쳐 주면서. 듣자 하니 너한테 엄청 좋은 술이 있다면서?"

"있기야 하죠."

"아껴 둬. 나중에 뽕을 뽑을 테니까. 오늘은 피곤해서 잘 거야, 진짜로."

스칼렛은 보란 듯이 입을 벌리며 크게 하품을 했다.

"잘 자."

스칼렛도 마차 안으로 들어갔다. 남게 된 것은 이성민과 예화뿐이었다. 이성민은 맞은 편에 앉아 있는 예화를 힐긋 보았다. 처음에 소개를 들은 후로, 예화와 사적인 대화는 나누지 않았다.

"위로가 필요하십니까?"

대뜸, 예화가 그렇게 물었다. 그 말에 이성민은 사마련주가 마차 안에서 농담처럼 했던 말을 떠올렸고, 정색했다.

"괜찮습니다."

"소련주님께서 요구하신다면 언제든 기대에 부응해 드리겠습니다."

소련주라는 호칭은 낯설었다. 이성민은 쓰게 웃으며 머리를 가로저었다.

"그런 부탁을 할 일은 없으니 염두에 두지 마십시오."

"저로는 만족하지 못하시는 겁니까?"

"아니, 그런 것이 아니라."

이성민은 예화의 얼굴을 보며 한숨을 푹 내쉬었다. 민망한 말을 하고 있음에도 예화의 얼굴에는 조금의 부끄러움이 없었다. 마치 당연히 그래야 한다는 태도였다.

[새끼. 줘도 못 먹는 놈이로군.]

'주는 대로 다 처먹으면 그게 사람이냐? 짐승이지.'

[맛깔 난 것을 먹으라고 주는데 왜 안 먹냐?]

'배가 안 고프니까.'

[먹은 지 꽤 되었는데 배가 안 고프다고? 희한한 놈이로고…….]

'제발 그 저럼한 비유 좀 그만두면 안 되겠냐?'

이성민이 내뱉은 말에 허주가 머릿속에서 껄껄 웃는다.

[우울하기 짝이 없는 생각을 해대고 있는 것이 답답해서 그런다.]

'답답할 만도 하지 않나?'

[네가 머리 터지게 고민해 봐야 지금의 너는 답을 낼 수가 없다. 요력의 불균형은 네가 어찌할 수 없는 것이고, 종언에 대한 이야기도 지금의 네가 답을 내놓을 수 없는 것들이지. 너는 너무 서두르려는 경향이 있어.]

'이해가 안 돼.'

이성민은 답답한 머리를 꾹 눌렀다.

'나는 항상 그런 고민을 하곤 했다. 왜 나일까? 전생의 돌을 잡은 것은 단순한 우연이었어. 하지만 과거로 돌아온 나를 만난 이들은, 다들 내가 특별하다는 듯이 말했지. 그게 의문이었다. 나는 그냥 우연히 돌아왔을 뿐이었는데, 왜 나를 특별하다 말하는 것인지.'

그에 대한 답은 알았다. 그냥, 누구여도 상관없던 것이다. 전생의 돌을 잡고 죽어 과거로 돌아온 시점에서, 전생의 '나'는 중요하지 않게 된다. 전생한 것 자체만으로도 관측자가 되어 세상을 종언으로 이끌 운명을 갖게 되니까.

'누구여도 좋았다. 그래. 나는 그냥 재수 없이, 그에 휘말린 '누구'였을 뿐이야. 그렇게…… 나는 이런 상황에 던져졌다. 나로 인해 시작된 종언에.'

[누구여도 좋았던 것이다. 굳이 너여서가 아니라.]

'책임을 느끼는 것은 아니야. 죽고 싶지 않을 뿐이지.'

[삶에 미련이 꽤 많은 모양이구나.]

'전생보다 나은 삶을 살고 싶었다.'

이성민은 하늘을 보았다.

'전생 초기에 말이야. 그런 생각을 했지. 전생의 나는 별 볼일 없었으니까. 그래서…… 지금까지 살았다. 내 노력, 내 힘만

이 아니라. 운명의 가호로 인해. 허망하지는 않아. 어찌 되었든 나는 살아남았고, 전생과 비교할 수 없이 힘을 얻었으니까.'

[만족스럽지는 않은 모양이구나.]

'내 전생.'

이성민은 두 눈을 감았다.

'별 볼 일 없는 삶이었다. 용병으로서의 삶. 하루 벌어 하루 살고, 술을 마시고. 언제 죽을지 모르는…… 그래도 말이야, 지금만큼 답답하지는 않았어. 현실이 지랄 맞고 처지가 처량하기는 했지만, 지금만큼 답답하지는 않았다.'

허주는 잠자코 이성민의 말을 들었다.

'내가 뭘 할 수 있을까.'

그리고.

'나는 도대체 뭘까.'

[너는 너다.]

침묵이 깨졌다. 허주가 대답했다.

[너는 너다. 이성민이지. 병신 같은 놈아. 그리고…… 이 어르신의 생각에. 누구여도 좋았던 것은 아니다. 너라서, 네가 전생의 돌을 잡아서 과거로 돌아와야만 했던 것이라 생각한다.]

허주의 목소리가 가라앉았다.

[나는 왜 죽었던 것일까. 그게 의문이기는 했지만 크게 신경 쓰지는 않았다. 의문을 갖는다 하여 내가 왜 죽은 것인지 알

게 되는 것은 아니고, 알게 된다고 해봤자 죽기 전으로 돌아가는 것도 아니다.]

허주에게 있어서 자신의 죽음은 그 정도의 가치밖에 되지 않았다.

[나는 이곳에 있다. 그것으로 충분하지. 이곳에 있는 내가, 너와 함께 있다. 죽었다고 해도 이곳에 있는 나는 허주다. 너도 마찬가지다. 죽어서, 이곳에 돌아왔다고 해도 너는 이성민이다. 등신 같은 이성민이지. 그를 의심하지 마라.]

'나는 네가 아니야.'

[또 등신 같은 말을 하는구나. 너는 당연히 내가 아니지. 거시기 크기만 해도 차이가 난다.]

허주가 껄껄 웃었다.

[어쩌면 이 어르신은…… 너를 만나기 위해 죽은 것일지도 모른다는 생각을 한다.]

'뭐?'

[우연은 없다고들 하지 않느냐.]

허주의 웃음소리가 커졌다.

[그렇다고 해서 너를 원망하는 것은 아니다. 오히려 즐겁고 궁금하지. 너라는 존재가, 내 죽음이 강제되었어야 할 만큼 가치가 있었던 것인가?]

허주는 이성민의 머릿속에 있던 정체 모를 존재를 떠올렸다.

쉿.

입술에 손가락을 갖다 붙이던 괴물의 모습을 떠올리며, 허주는 더 이상 말하지 않았다.

2장
크론

　사소한 문제가 없었던 것은 아니었다. 산을 지나는 중에는 몇 번인가 산적들의 습격을 받았다.

　한눈에 봐도 값어치가 나갈 것만 같은 마차가 호위도 없이 산길을 지나는데, 산적들이 한 번 찔러보지 않을 리가 없다.

　물론 그들은 사마련주가 나설 것도 없이, 마부석에 앉은 예화 선에서 정리되었다.

　그런 식의 사소한 문제가 몇 번이나 일어났다. 하지만 어느 지점부터는 산길을 지나도 산적들의 습격을 받는 일이 없어졌다. 길을 걷다가 시비가 걸려오는 일도 없어졌다.

　대신에 거지들이 늘어났다. 그들은 번번이 마차의 앞을 가로막고서 적선을 요구했다.

　사마련주의 말에 따라, 예화는 그들을 쫓아내기보다는 합

리적인 선에서의 적선을 해주는 것으로 거지들을 지나쳤다.

"개방이 냄새를 맡은 걸까요?"

"그건 아닐 것이다."

사마련주가 대답했다.

"마차의 형태는 계속해서 바뀌왔다. 이와 같은 형태를 한 마차를 추가적으로 내보내 혼선을 일으켰지. 그냥 비싸 보이니까 달라붙는 거지들일 뿐이다."

이성민도 모르는 사실이었지만, 이 마차는 무턱대고 사마련에서 출발해 곧바로 크론으로 향한 것은 아니었다. 사마련 근방에 개방의 거지들이 없다고는 하지만, 그렇다고 개방이나 다른 정보 문파, 길드의 눈과 귀가 없다고는 생각할 수 없다.

이 마차는 마법에 의해 외형이 바뀐다. 사마련주는 마음 내키는 대로 마차의 외형을 바꾸어가면서 이동했고, 하라스에서는 이와 같은 형태의 마차가 다수 출발했다.

다른 마차들을 이끄는 것은 사마련주의 친위대원들이었다. 그 덕분에 개방은 쉽사리 이 마차가 사마련이 있는 하라스에서 출발한 것이라고까지는 생각하지 못할 것이다.

정보라는 것은 구멍 하나에도 크게 왜곡되기 마련이니까.

그에 대해서는 이성민도 납득하여 머리를 끄덕거렸다. 그도 주기적으로 네블을 불러다가 크론의 동태와 사마련 쪽의 소문을 살피고 있다.

사마련주와 귀창이 모습을 감추었다는 것은 알려져 있었지만, 그 둘이 무림맹으로 직접 향했다는 소문은 없었다.

'하긴, 개방으로서도 스승님과 내가 무턱대고 무림맹으로 찾아갈 것이라고는 생각하지 않았겠지.'

사마련주의 행동은 터무니없었다. 아무리 사마련의 지존이라고 해도, 이 정도 인원으로 무림맹을 찾아간다는 것은 미친 짓이라고밖에 할 수가 없었다.

하물며 단순히 찾아가는 것도 아니고 맹주인 흑룡협을 두들겨 패겠다니.

"크론의 성문이 보입니다."

마부석의 예화가 말을 전해왔다. 성문을 지나는 중에 검문을 받을 수밖에 없다.

뒷돈을 찔러주어 지나치는 것도 방법이기는 하겠으나, 그런 행동은 괜히 이목만 더 끌 뿐이다.

이곳까지 오는 길에는 도시를 지나지 않고 우회하여 검문을 피해왔지만, 목적지가 크론 안에 있는 무림맹인 이상 검문을 피하는 방법은 없다. 이성민은 사마련주를 보며 물었다.

"어쩌실 셈입니까?"

"나가자."

사마련주가 몸을 일으키며 말했다. 그 말에 이성민의 눈이 동그랗게 떠졌다.

"예?"

"나가자고. 마차는 이곳에 두고 간다."

"어째서?"

"마차까지 챙기면 귀찮다."

사마련주는 그렇게 말하며 마부석의 예화에게 말했다.

"오래지 않아 돌아올 것이다. 해가 저물기 전쯤. 그런 일은 없을 테지만, 만약 본좌가 해가 저문 후에도 돌아오지 않거든, 적색 마탑주를 안전한 곳으로 모시도록 하라."

"예."

"그 과정에서 적색 마탑주가 위험에 처한다면, 네 목숨을 바쳐서라도 그녀를 지키도록 하여라."

"존명."

예화가 머뭇거림 없이 대답했다. 이성민은 돌아가는 대화가 어떤 흐름인지 눈치채고서 입을 반쯤 벌렸다.

"설마."

"너랑 본좌. 이렇게 둘이서 성문을 뚫고 간다."

"기껏 여기까지 은밀히 왔는데⋯⋯?"

"이곳까지 오기 위한 은밀함이었다. 흑룡협이 미리 낌새를 눈치채고 도망치지 못하도록 말이지. 뭐, 성문에서의 소란에 흑룡협이 도망쳐도 상관은 없다. 그렇게 된다면 놈은 무림맹주로서의 자격이 없다고 질타를 받을 테고 무림맹은 해체 직전까지 갈 테니까."

사마련주는 느긋한 목소리로 말하며 마차의 문을 벌컥 열었다.

"크론은 대도시입니다."

"안다."

"개방의 본파가 있는 곳이기도 하고, 무림맹 휘하 무력단과 정파의 중소 문파는 물론이고 무림세가도 있습니다만."

"그렇겠지."

사마련주가 머리를 끄덕거렸다. 그는 웃고 있는 도깨비의 가면을 얼굴에 쓰고 있었다.

"그게 뭐가 문제란 것이냐?"

사마련주는 이성민을 돌아보며 물었다. 이성민은 적잖은 긴장을 느끼고 있었다.

그 역시 초월지경의 고수로서, 무공 고수 중에서는 열 손가락 안에 드는 실력을 가지고 있다. 하지만 이성민, 아직까지 진정한 의미의 집단전을 겪어 본 적이 없었다. 수백을 넘어 수천의 적들이 명확한 살의를 갖고 덤비는 것을 겪어 본 적이 없다.

"……무리가 아닐는지."

"너에게는 무리일지도 모르지."

사마련주가 비웃었다.

"아무리 뛰어난 고수라고 해도 수백 수천이 덤빈다면 지치기 마련이다. 일 대 일로는 별 볼 일 없는 놈들이어도 뭉치면 까다로우니까. 사실 그것은 본좌에게도 마찬가지다."

마차가 멈추고, 사마련주가 땅으로 내려갔다.

"하지만 놈들은 집단으로서 준비가 되어 있지 않아. 무턱대고 쳐들어가는 것이 아니다. 이건 대놓고 하는 기습이지. 놈들은 기습에 대해 준비가 되어 있지 않다."

"하지만……"

"그리고."

사마련주는 얼굴에 쓰고 있던 가면을 손으로 잡았다.

"너에게는 본좌가 얼마만큼 강한지 제대로 보여준 적이 없더구나."

"예?"

"너는 스승에 대한 존경심이 부족하다. 마침 좋은 기회다. 흑룡협을 두들겨 팰 겸, 본좌에 대한 외경심을 제자인 너에게 단단히 때려 박아 주도록 하마."

딸칵.

사마련주의 얼굴에 씌워진 가면이 벗겨진다. 이성민은 놀란 눈을 하고서 가면을 벗는 사마련주의 얼굴을 보았다.

마차 안에서 이쪽을 보고 있던 스칼렛과 마부석에 앉은 예화도 놀란 표정을 하고서 사마련주가 가면을 벗는 것을 보았다.

"뭘 그리 보느냐, 벗는 사람 민망하게."

가면 너머. 사마련주의 얼굴은 싸늘한 인상의 미남이었다. 스칼렛은 가면을 품 안에 넣는 사마련주의 얼굴을 뚫어져라 보며 중얼거렸다.

"……멀쩡하게 잘생겼네."

"그렇군요."

이성민도 머리를 끄덕거리며 동의했다. 그러한 반응에 사마련주가 눈썹을 찡그렸다.

"뭘 기대한 것이냐?"

"가면을 벗었는데 사실은 절세미녀였다거나……."

"아니면 보는 것만으로 구토를 유발하는 추남이라거나."

"혹은 태도나 말하는 것과는 달리, 딱 봐도 소심할 것처럼 생긴 유약한 얼굴이거나."

"주름이 자글자글한 노인의 얼굴이어도 재밌었을 겁니다."

이성민과 스칼렛이 하는 말을 들으며 사마련주의 주먹이 쥐어졌다.

"이걸 다 죽여 버릴 수도 없고."

"절세미남이십니다."

"여자 꽤나 울렸겠네요, 호호."

사마련주가 은근히 살의를 내비치자 이성민과 스칼렛은 언제 놀려댔냐는 듯이 그렇게 말했다. 사마련주는 흘러내린 앞

머리를 뒤로 넘기고서 뒷짐을 졌다.

"……어쨌든. 예화, 너는 본좌의 말을 명심토록 하고. 제자는 본좌를 따라오라."

"존명."

"예."

사마련주가 가면을 벗은 것이 무슨 의미인지. 이성민은 잘 알고 있었다.

사마련주가 평소에 쓰고 다니는 가면은 그의 힘을 상당 부분 억제하는 것이다. 그런 가면을 쓴 상태로도 사마련주는 숲에서의 위지호연을 십초 안에 제압할 정도로 강했었다.

그렇게까지 강했던 사마련주가, 지금은 가면까지 벗었다. 그 것은 사마련주가 전력을 발휘한다는 뜻이었다.

사마련주의 제자가 되기는 하였지만, 이성민은 사마련주가 대체 얼마만큼의 힘을 가지고 발휘하는 것인지 직접 본 적은 없었다.

뒷짐을 진 사마련주가 크론의 성문을 본다. 가면을 벗었지만, 사마련주에게서 느껴지는 힘은 가면을 쓰고 있을 때와 크게 차이가 없었다.

사마련주가 아직 제대로 힘을 일으키지 않아서일까.

[아니. 격의 차이가 너무 크기에 느끼지 못하는 것이다.]

허주가 대답했다.

[너보다 격이 낮은 놈들이 네 실력을 제대로 간파하지 못하는 것처럼. 너도 똑같은 것이다.]

'그 정도로 차이가 크다고……?'

[그렇다. 이 어르신도 놀랄 정도로군. 인간이 저렇게까지 강할 수 있단 말인가!]

'너랑 비교한다면?'

[놀이 상대는 될 듯싶구나.]

결국 마지막은 언제나와 같은 허주의 으스댐이었다. 이성민은 꿀꺽 침을 삼켰다.

사마련주가 움직이기 시작했다. 느긋한 경공이었다. 가면을 써서 내공과 요력을 억제하고 있는 이성민으로서도 충분히 쫓을 만한 속도였다.

성문의 앞에 도착한 사마련주는, 검문을 받기 위해 줄을 서 있는 사람들에게 시선 하나 주지 않고서 그들을 지나쳤다.

"순서를 지키시오."

성문 앞에서 검문을 하던 경비병이 눈살을 찌푸리며 사마련주에게 말했다. 하지만 사마련주는 그 말을 듣지 않았다.

그는 뒷짐을 지고서 경비병을 지나쳤고, 경비병의 얼굴이 일그러졌다.

"순서를……!"

말은 끝나지 않는다. 사마련주가 한 걸음 걸은 순간이었다.

쿠우웅!

그를 중심으로 퍼져 나간 압박감이 경비병의 눈을 뒤집게 만들었다. 게거품을 입안 가득 문 경비병들이 무더기로 쓰러진다. 줄을 서 있던 사람들이 놀라 사마련주를 보았다.

"귀찮군."

사마련주는 그렇게 말하면서 성문을 지나쳤다. 뒤늦게 호각이 울렸다.

무식한 침입자를 잡기 위해 성벽의 경비병들이 모였다. 결과는 다르지 않았다. 게거품을 물고 쓰러진 사람들이 늘었다. 이들은 크론의 성벽경비대일 뿐, 정파 무림맹의 소속은 아니었다.

하지만 성문을 지나자 이야기는 달라졌다. 소란을 목격한 정파 무인들이 사마련주의 앞을 가로막았다.

그들 중 상당수가 누더기를 몸에 두른 거지였다. 그들은 침을 튀기며 고함을 질렀다.

"당신은 대체 누구길래 이런 짓을 하는 거요?!"

"이곳은 개방 본파와 무림맹이 있는 곳이오!"

"정체를 밝히……."

"양일천."

거지들이 떠드는 고함을 듣던 사마련주가 대답해 주었다.

그 낮은 목소리에는 공력이 가득 실려, 크지 않았음에도 떠들어대는 거지들의 귓가에 때려 박혔다.

"누군지 모르나?"

사마련주가 거지들을 향해 다가갔다.

"마황이라는 별호는 아나?"

"……맙소사."

거지 중 누군가가 그런 소리를 냈다. 그들은 사마련주의 뒤편에 서 있는, 가면을 쓰고 있는 이성민을 보았다. 사마련주의 민얼굴은 알려지지 않았으나, 도깨비 가면을 쓰고 창을 든 것이 귀창이라는 것은 이미 널리 퍼진 소문이었다.

"사마련주라 소개하는 쪽이 더 유명했을까?"

사마련주는 그렇게 말하며 손을 들어 올렸다. 기겁한 거지들이 즉시 반응했다. 그들은 사마련주에게 맞서는 것보다는 등을 돌리고 도망치는 것을 선택했다.

사실, 어느 쪽이든 결과는 바뀌지 않았을 것이다. 맞서 싸우는 것이나 도망치는 것이나.

파지지직!

사마련주가 가볍게 휘두른 손이 수십 줄기의 검은 번개를 만들어냈다. 쏟아진 갈래 번개가 도망치던 개방 거지들을 휘감았다.

"으아악!"

제각각의 비명과 함께 거지들이 나뒹굴었다. 아니, 모든 거지가 나뒹군 것은 아니었다.

홀로 남은 거지는 그 자리에 주저앉아 덜덜 몸을 떨었다. 사마련주는 그를 손가락으로 가리키면서 말했다.

"개방으로 가서 방주보고 나오라 해라."

"예, 예……?"

"지금 방주 놈이 쓰는 별호가 걸왕이었던가?"

"그, 그건 전대 방주님의 별호입니다."

"그래? 걸왕은 죽었나?"

"예……."

"그럼 지금 방주는 본 적 없는 놈이겠군. 어쨌든, 나오라고 해라. 타구봉 챙기고, 타구봉진 쓸 수 있는 놈들 데리고 나오라고 해."

사마련주는 그렇게 말하면서 거지를 지나쳤다.

"목숨 보전하고 싶거든 도망치라고도 하고. 대신 다른 거지들이 죽겠지만 말이다."

이성민은 꿀꺽 침을 삼키며 쓰러진 거지들을 보았다. 사실 저 정도 이들을 일초에 제압하는 것은 이성민도 쉽게 할 수 있는 일이다.

하지만, 사마련주가 말한 '타구봉진'이라는 말에 이성민은 긴장할 수밖에 없었다. 타구봉진이라면 무당의 태극검진이나 화산의 매화검진과 함께 정파 무림의 삼대 진법으로 꼽히는 것이다.

"너무 막 나가시는 것 아닙니까?"

"이 정도는 해야 흑룡협이 기어나오겠지."

크론에는 개방과 무림맹만이 있는 것은 아니다. 구파일방에 들지 못한 많은 중소 문파와 무림세가들이 있다.

하지만 그들의 힘이 미약한 것은 아니다. 무림맹이 있는 이 도시에서 문파와 가문의 명맥을 잇고 있다는 것은, 세력은 크지 않을지언정 그들이 가진 무공이 무시될 만한 수준이 아니라는 증명이기도 했다.

"흠."

거리 가득 무인들이 몰려나왔다. 사마련주는 그들을 살펴보며 미간을 찡그렸다.

"제자에게 외경심을 심어주기 위해 직접 나섰거늘. 이래서야 원…… 벌레 잘 잡는다고 외경심을 줄 수 있는 것도 아닌데."

벌레.

사마련주는 거리 가득한 무인들에게 그런 평가를 내렸다.

우와아아아!

거리를 가득 메우고 있던 무인들이 난잡한 고함을 지르며 사마련주에게 달려들었다.

그중 특히나 실력이 뛰어난 이들은 위로 도약하거나 남들보다 빠르게 뛰어서 사마련주에게 다가온다.

사마련주에게 있어서 그들의 행동은 의협심이 아닌 미련함이었다.

사마련주는 귀찮다는 듯이 오른손을 휘둘렀다.

콰르르르!

땅거죽이 뒤집힌다. 사마련주는 왼손을 한 번 쥐었다 펴더니, 위로 일어선 토사(土砂)를 향해 일장을 갈겼다.

"으아아악!"

사마련주의 일장에 얻어맞은 작은 모래 알갱이는 살을 꿰뚫는 암기가 되었다. 셀 수 없이 많은 모래 암기에 꿰뚫린 무인들이 피를 뿜으며 무너졌다. 덤볐던 무인들이 피를 줄줄 흘리며 바닥에 엎어져 꿈틀거렸다.

사마련주는 뒷짐을 지고서 그들을 가로질렀다.

"다 죽인 겁니까?"

"재수가 없는 놈은 죽었겠지."

대로로 빠져나오자, 그곳에도 많은 무인이 기다리고 있었다. 하지만 그들은 섣불리 덤벼들지 않았다. 상대가 사마련주임을 알면서도 무턱대고 달려든 이들은 주제 모르는 얼간이들이다.

즉, 대로에 서서 기다리고 있다는 것은 그나마 제 분수를 파악하고 있는 무인들이란 말이었다. 하지만 사마련주가 보기에는 먼저 덤볐다가 나가떨어진 놈이나 이곳에서 기다리고 있는 놈들이나 다를 것이 없었다.

"빠른 것과 늦은 것의 차이일 뿐이지."

사마련주가 성큼성큼 걸었다. 그는 내심 불만을 느끼고 있었다. 제자에게 외경심을 주기 위해. 그런 핑계를 붙여 직접 나서기는 하였으나, 사마련주의 의도는 흑뢰번천의 정수를 직접 선보여주기 위함이었다.

시연은 몇 번 해봤지만 아무래도 부족하다고 여겼기 때문이었다. 그런데 상대가 너무 약하다. 어느 정도 수준이 되어야 합을 맞추며 머저리 같은 제자가 알게끔 만들어 줄 텐데. 상대가 너무 약하다 보니 제대로 무공을 선보일 것도 없었다.

"너희로는 안 된다."

사마련주는 들으라는 듯이 말하며 걸었다. 뒷짐을 진 손을 풀지도 않았다. 그럴 가치도 없다고 여겼기 때문이었다. 이성민은 앞을 향해 걷는 사마련주의 등을 보았다.

그가 입은 장포가 바람이 불지도 않는데 펄럭거리며 부푼다. 무더운 여름날 피어오른 아지랑이가 일렁이듯, 사마련주의 모습이 일렁거린다.

찌직, 찌지직…….

사마련주의 주변에서 검은 전류가 쉬지 않고 튀어 올랐다.

사마련주는 거구가 아니었으나, 이성민의 눈에 비치는 사마련주의 등은 이 세상 그 누구보다 거대해 보였다.

"맹주를 불러와라."

사마련주가 고했다. 공포를 이기지 못한 이들이 비명을 지른다. 몇몇은 이미 게거품을 물고 주저앉았다.

그나마 몸을 통제할 수 있는 이들은 맞서는 것을 포기하고 주춤거리며 뒤로 물러섰다.

"저, 정천무행단이다."

"의행협검이 왔다!"

"질풍비검 대협!"

겁에 질린 사람들이 약간의 희망이 깃든 고함을 내지른다. 크론에 있는 무림맹 휘하 무력단 중, 그 실력이 뛰어나기로 정평이 난 정천무행단이 출동했다.

사람들은 정천무행단에 소속된 고수들의 이름을 외치며 환호했다. 그들은 겁에 질린 무인들의 틈을 가로지르며 사마련주에게 다가왔다.

"……사마련주?"

"무림도 참 많이 좋아졌군. 저딴 애송이가 대협이라 불릴 정도니 말이야."

정천무행단의 단주인 의행협검이 사마련주를 부르자, 사마련주는 노골적인 비웃음을 흘리며 그렇게 이죽거렸다. 그 말에 의행협검의 얼굴이 뻣뻣하게 굳었다. 의행협검은 초절정 고수였다. 어디 가서 애송이라고 불릴 정도는 아니었다.

"맹주를 불러오라 했을 텐데."

사마련주가 미간을 찡그리며 말했다.

"본좌가 직접 찾아가란 말인가?"

그 말을 증명이라도 하듯이, 흑뢰번천의 번개가 사방으로 퍼져 나갔다.

'미쳤군.'

취걸은 크론에 있었다. 김종현 토벌전 때 독단으로 숲을 빠져나간 것. 백결무혼단의 단주였음에도 부하들을 숲에 버리고 떠난 것.

그로 인해 광기에 물든 모용가주가 백결무혼단의 잔당을 이끌고서 마법사 길드를 공격했던 것. 그에 대한 책임을 뒤집어써야 할 모용가주가 이미 죽었기 때문에, 어린 모용세가의 소공자가 책임을 뒤집어쓰게 되었다. 덕분에 모용세가는 몰락했고 모용찬의 행방은 묘연해졌다.

당연히 취걸에게도 책임이 돌아왔다. 그는 무림맹에서의 직위를 박탈당했고, 사문인 개방에서도 징계를 받았다. 여전히 그는 개방의 소방주이기는 했다.

개방의 젊은 무인 중에서 취걸만 한 인재가 없는 탓이기도 했거니와, 개방 방주만이 익힐 수 있는 비전의 무공을 이미 취걸이 익히고 있기 때문이었다.

개방 본방의 거지소굴에서 나가지 말 것.

보여주기식의 징계였고, 취걸은 그에 대해 불만을 갖지는 않았다. 처지가 나빠졌다고는 해도 그는 여전히 개방의 소방주였기 때문에, 본방에서의 생활에 불편함은 없었다.

하지만 취걸은 지금 이 순간만큼은 그 징계가 원망스러웠다. 이 시기에 크론에 있어서는 안 됐다.

누가 상상이라도 했겠는가? 사마련에 처박혀 있어야 할 사마련주가, 무림맹이 있는 크론에 와서 행패를 부릴 줄은.

"뭐하고 있는 것이냐?"

취걸의 스승. 개방의 방주인 무걸개(武乞丐)가 취걸을 향해 쏘아붙였다. 미적거리며 타구봉을 허리에 걸치던 취걸은 자신의 스승을 힐긋 보았다.

스승을 원망한 적은 없었다. 하지만 지금만큼은 원망해야만 했다. 취걸은 넌지시 스승에게 말했다.

"사마련주는 초월지경의 괴물입니다. 작금 무림에서 사마련주를 감당할 수 있는 무인은 한 손에 꼽을 겁니다."

"그렇겠지. 무당의 검선 어르신이 아니고서야 사마련주를 막을 수 있는 인물은 존재하지 않을 것이다. 이 노부의 생각에는 맹주가 직접 나선다고 해도 그를 막을 수 있을까 의문이구나."

무걸개의 대답은 취걸을 더욱 답답하게 만들었다. 같은 초월지경의 고수인 흑룡협이 나선다고 해도 사마련주를 막을 수 있을지 의문이라고? 그걸 뻔히 아시면서 왜 사마련주를 막으러 가겠다고 객기를 부리십니까.

취걸은 목구멍까지 솟구친 그 말을 간신히 눌러 삼켰다.

그래, 이유는 알고 있다. 개방은 예부터 의와 협을 중시해 왔다. 마의 정점에 선 사마련주가 크론에 와서 난동을 부리는 것.

그로 인해 의협심에 불타 사마련주를 막기 위해 나간 중소방파의 무사들과 무림맹 무사들이 피해를 입었다.

용서할 수 없는 것이다. 크론 무림맹은 정파의 상징이라고 할 수 있다. 사마련주가 직접 와서 난동을 부리는데, 그를 두고 본다면 정파의 위신은 똥통에 처박히게 된다. 또한 가슴에 용맹함과 의협심을 함께 가진 무인들이 사마련주에게 맞서다가 죽임을 당하고 있다.

'살아서 후일을 도모하는 편이 더 현명하지 않나.'

취걸은 진심으로 그렇게 생각하고 있었다. 죽으면 모든 것이 끝이다. 취걸은 허리춤에 매단 타구봉을 쓸쓸한 표정으로 내려보았다.

시커먼 색의 타구봉. 이 타구봉은 다른 타구봉처럼 개를 때려잡는 것에 쓰이는 것이 아니다. 개만도 못한 악을 때려잡아야 할 때 무장하는 것. 취걸의 주변에는, 방주인 무걸개를 포함하여 검은 타구봉을 잡은 백 명의 개방도가 있었다.

이들이야말로 개방이 자랑하는, 백 개의 타구봉을 휘두르는 대 타구봉진을 펼칠 수 있는 개방의 정예였다. 소방주인 취걸이 가장 젊었고, 다른 이들은 개방의 무수히 많은 거지 중에서 실력을 인정받은 고수들이었다.

"위험할지도 모릅니다만……."

취걸은 다시 한번 방주에게 말했다. 괜히 객기 부리지 말고 도망칩시다. 아니면 그냥 모르는 척하던가. 마음은 그랬으나, 취걸은 방주에게 솔직하게 말하지는 못했다.

백결무혼단을 버리고 떠난 것으로 이미 미운털이 박혀 있는데, 그런 속내를 보였다가는 단전이 박살 나고 소방주로서의 지위가 박탈될지도 모른다는 걱정 때문이었다.

"그렇겠지. 하지만 사마련주를 내버려 둘 수도 없지 않으냐."

제발, 스승님. 의협과 객기를 구분해 주십시오. 취걸은 입을 꾹 다무는 것으로 그 말을 눌러 삼켰다.

그런 제자의 의중을 알지 못하는, 아니, 어쩌면 알면서도 모르는 척하는 것일지도 모르지만. 무걸개는 더 이상 취걸을 보지 않았다. 그는 씁쓸한 표정을 지으며 모여 있는 개방도에게 명령했다.

"개 잡으러 가자."

패기 없는, 그러나 흔들리지 않는 목소리였다.

대협이라 불리던 정천무행당이 피를 뿜으며 뒹구는 것에는 일 분의 시간이 걸리지 않았다.

기세만으로 사람을 제압하는 것. 과거 이성민은 사마련주에게 의기상인의 경지에 대해 물었었고, 사마련주는 그것이 허상이라 말했었다.

이성민이 기세만으로 다른 이들을 제압했던 것은, 의기상인이 아닌 드래곤의 프레셔를 무의식적으로 사용했기 때문이라면서. 하지만 지금, 이성민이 본 사마련주의 한 수는 의기상인이라고 하기에 충분했다. 직접 무공을 펼친 것도 아닌데 다가오는 이들이 피를 뿜으며 주저앉아 버렸으니까.

"의기상인 아닙니까?"

"본좌의 내력에 지레 겁을 먹고 자기들끼리 내상을 입은 것뿐이다."

사마련주가 그렇게 대답하던 중이었다.

아, 아, 아, 아아아!

수십의 목소리가 뒤섞였으나 흐트러지지 않은, 하나가 된 커다란 외침이 대기를 뒤흔들었다.

딱, 따닥, 따다다닥! 하는 소리. 훙, 후우웅, 하는 바람이 갈라지는 소리. 그 난잡한 소리를 들었을 때, 짜증이 가득했던 사마련주의 얼굴이 누그러졌다.

"타구봉진에 대해 아느냐?"

"개방의 진법이라는 것만 압니다."

"타구봉진의 종류는 둘이다. 서른네 명이서 펼치는 그냥 타구봉진과, 백 명이서 펼치는 대 타구봉진. 본좌를 상대로 그냥 타구봉진을 펼칠 리는 없고, 소리를 보아하니 이건 대 타구봉진이군."

사마련주의 얼굴에 만족스러운 미소가 어렸다.

"본좌는 자그마한 꿈을 가지고 있다. 아니, 꿈이라고 말할 것도 없군. 언젠가 기회가 되면 한번 해보고 싶다…… 라는 정도로 해두지."

"그게 무엇입니까?"

"정파 무림에는 네 개의 절진이 있다. 무당의 태극검진, 소림의 나한진, 화산의 매화검진 그리고 개방의 타구봉진. 기회가 없어서 해본 적은 없다만, 언젠가 기회가 된다면 홀몸으로 그 진법을 다 깨버리고 싶다고 바라왔지. 오늘 네 개의 진법 중 타구봉진을 박살 낼 기회가 왔구나."

그렇게 말하는 사마련주는 진심으로 즐겁다는 듯이 웃었다. 그는 들뜬 목소리로 말을 이었다.

"백 명이 펼치는 타구봉진은 한 명의 지휘와 서른세 명의 공격, 서른세 명의 방어, 그리고 서른세 명의 현혹으로 이루어진다. 그렇게 알고는 있다만 직접 겪는 것은 처음이로군."

"서른세 명의 현혹은 뭡니까?"

"소리지. 타구봉을 서로 부딪히고, 고함을 지르고, 타구봉을 휘둘러 소리를 내고, 그 내공 가득한 잡음은 진법의 흐름에 맞춰 강력한 음공으로 작용한다. 단순히 듣는 것만으로도 내력이 약한 이들은 버티지 못하고 내상을 입게 되지. 또, 그 타구봉진 안에 들어가 정면으로 음공을 받게 되면 감각이 뒤엉키고 기의 흐름이 꼬이게 된다."

"귀를 막으시오!"

쓰러진 무인들이 고함을 지른다. 아직 타구봉진은 시작되지 않았다. 하지만 들려오는 소리는 듣기 싫은 소음의 경계를 넘어서서 그들의 기를 뒤흔들고 있었다.

그들은 급히 귀를 막고서 진탕된 내력을 진정시켰다. 하지만 사마련주는 귀를 막지 않았다.

어차피 타구봉진과 맞서게 된다면 귀를 막는 것만으로 버티는 것은 불가능하다.

쿵, 쿵, 쿵. 하나가 된 발걸음으로 다가온 백 명의 개방도들이 멈춘다. 뒷짐을 지고서 기다리고 있던 사마련주는, 맨 앞에 선 무걸개를 보며 빙그레 웃었다.

"네가 현 개방주냐?"

"……그렇소."

"걸왕은 죽었나?"

"스승님이 죽은 것은 벌써 수십 년 전이오."

"그래? 하긴, 그 정도면 오래 살았지."

사마련주가 하는 말을 듣고서 무걸개는 타구봉을 꽉 잡았다.

그는 양팔에 올라오는 소름을 무시했다. 눈앞에 있는 사마련주는 많아 봐야 삼십 대 장한으로 보였으나, 사실은 삼백 년 가까이 살아온 괴물이다.

사람이되 사람이 아닌 괴물. 물론 높은 경지의 무공을 익힌다면 노화를 늦추는 것이 가능하나, 초절정 고수라 하더라도 백 년을 조금 넘게 사는 것이 고작이다.

한데 눈앞의 사마련주를 보라. 수백 년을 살아왔음에도 조금도 늙지 않았다.

"괴물……."

"본좌는 아직 인간이야."

사마련주는 그렇게 너스레를 떨며 성큼성큼 다가갔다.

"수백 년을 살았으나 타구봉진을 겪어본 적은 없다. 흔하게 정파의 절진으로 타구봉진과 매화검진, 나한진, 태극검진을 뽑는데…… 그래, 개방주. 네가 생각하기에 정파의 절진 중에서 가장 뛰어난 것이 무어라 생각하는가?"

"타구봉진."

"잘 됐군. 본좌가 처음으로 깨부수는 절진이 정파 최고의

진법인 타구봉진이 되다니. 뭣하고 있나? 어서 진법을 펼치지
않고."

사마련주가 재촉했다. 무걸개가 타구봉을 높이 들어 올렸
다. 그것이 신호가 되었다.

파바바박!

무걸개의 뒤에 대기하고 있던 구십구 명의 개방도들이 일사
불란하게 움직여 진법을 준비했다. 그러는 중에 대로 한복판
에는 사마련주와 이성민, 개방도들밖에 남지 않게 되었다.

나머지는 진법에 휘말리는 것이 두려워 멀찍이 물러서 있
었다.

'귀창.'

취걸은 타구봉진의 현혹을 담당하고 있었다. 그것은 진법
을 지휘하는 개방주가 죽었을 때 빠르게 그 역할을 인계하기
위함이었다. 취걸은 자신이 현혹을 맡고 있다는 것에 안심했
다. 그나마 사마련주라는 괴물을 감당하기에 가장 안전한 장
소였기 때문이다.

쿵, 쿵, 쿵. 취걸을 포함한 서른 세명의 개방도들이 발로 땅
을 두드린다. 두 명씩 짝을 지어 타구봉을 부딪히고, 입을 모
아 타령을 부른다.

짝이 없는 이들은 타구봉을 매섭게 휘두르며 바람 소리로

음율을 만들었다.

"진(進)!"

무걸개가 고함을 질렀다. 무걸개가 쥐고 있는 시커먼 타구봉이 높이 솟구친다. 서른세 명의 공격, 서른세 명의 방어. 방어가 공격으로 바뀐다. 예순여섯의 공격이 시작되었다.

대기가 일렁거린다. 타구봉진의 현혹. 진법이 가지는 흐름이 공간을 잠식한다. 초월지경의 고수는 혼자서도 공간을 뒤틀어 버릴 수 있다.

진법은 진법의 힘으로 공간을 뒤튼다. 사마련주는 뒤흔들리는 공간의 떨림을 느끼며 기대감에 가득 찬 눈을 하고서 양손을 들었다.

"잘 봐라."

사마련주가 이성민에게 말했다.

"무능한 너도 경외심을 느낄 수 있도록. 본좌가 흑뢰번천의 정수를 보여줄 터이니."

타구봉진이 시작되었다.

"사마련주?"

올라온 보고를 들고서, 흑룡협의 얼굴이 하얗게 질렸다. 그는 시비가 보는 앞에 체면도 잊고서 양손으로 얼굴을 덮었다.

'나한테 왜 이러는 거야?'

북쪽 숲에서 주원에게 입은 상처가 아직 완전히 낫지도 않았는데. 사실 그때의 일은 생각하면 생각할수록 억울하고 분통이 터졌다.

창왕이 그 지랄만 하지 않았더라면. 아니, 최소한 그 지랄을 하고서 자리를 뜨지 않고 남아 힘을 합쳤더라면. 그 빌어먹을 라이칸슬로프에게 곤욕을 치르지도 않았을 테고 추하게 도망치지도 않았을 텐데.

"매, 맹주님. 어떻게 해야……."

"닥쳐라."

흑룡협은 끓는 목소리로 내뱉었다.

"나도 모르겠으니까 닥치란 말이다."

흑룡협은 답답함에 한숨을 내뱉었다.

이상하게 눈물이 날 것만 같았다.

후우우욱!

시커먼 바람이 몰아쳤다. 주변 풍경이 일렁거리다가 무너져 내린다.

대기가 요동쳤고 시커먼 바람이 몰아쳤다. 예순여섯의 검은 타구봉은 동시에 하나의 궤적으로 움직였고, 타구봉진의 안에서 그것은 거대한 하나의 타격이 되었다.

사마련주는 다가오는 시커먼 바람을 향해 천천히 오른손을 내밀었다.

투웅.

사마련주의 일장과 타구봉진의 흑풍이 충돌했다. 사실 그것은 충돌했다, 라고 말하는 것과 어울리지 않을 자그마한 소리를 냈다.

타구봉진을 지휘하던 무걸개가 놀랐고 이성민이 놀랐다.

진법은 조심해야 한다. 이성민에게 처음 그 말을 해주었던 것은 죽은 광천마다. 하지만, 이성민은 여태까지 제대로 된 진법을 상대해 본 경험이 없었다. 정파 사대 절진이 유명하다고는 하지만 그 진법들은 싸우고 싶다고 해서 쉽게 싸울 수 있는 것들이 아니었다.

기회가 없었던 탓에 내심 그럴 것이라 생각했다. 아무리 진법이 뛰어나다지만, 진법을 이룬 개개인의 무인들은 이성민의 상대가 아니다.

그러니 사대 절진을 맞서게 된다 해도 그다지 어려움을 느끼지 않을 것이라 생각해 왔었다.

개방의 대 타구봉진은 그런 이성민의 오만을 산산이 깨부수었다. 백 명의 거지들이 펼치는 대 타구봉진은 공간을 뒤흔들어 지배했고 예순여섯의 타구봉은 소름 끼치도록 예리하고 쾌속하며 무거운 타격이었다.

그 일격은 이성민이 맞선다고 해서 쉽게 대응할 수가 없을 정도였다.

하지만 사마련주는 아니었다. 가볍게 뻗은 일장으로 타구봉 진의 일타를 밀어낸 사마련주에게는 조금의 당황도 없었다.

아니, 표정이 변하기는 했다. 기대감이 미약한 실망으로 바뀌어 가는 표정으로.

"진(進)!"

무걸개가 다시 고함을 질렀다. 다시 공격이 시작된다.

쭈와아악!

예순여섯의 타구봉이 둘로 나뉜다.

그것은 서로 다른 궤적으로 휘둘러졌다. 타구봉진의 영향 아래에 놓인 공간이 왜곡되며 시커먼 바람이 만들어진다. 사마련주는 양방향에서 몰아치는 흑풍을 향해 주먹을 쥐었다.

꽈지지직!

벼락이 코앞에 내리꽂히는 것 같았다. 귀가 먹먹해질 정도로 큰 소리였다. 흑풍이 찢긴다. 사마련주의 소매가 펄럭거렸다.

그는 성큼성큼 걸었고 무걸개는 다시 한번 진을 외쳤다.

가라, 가라.

현혹을 맡은 서른셋의 거지들이 성난 타령을 불렀다.

타구봉끼리 부딪히고 휘두르는 소리가 더욱 거세졌다. 그럴 수록 기의 흐름이 요동친다.

이미 이 공간은 타구봉진의 지배하에 있었다. 타구봉진에 직접 맞서지 않는 이성민으로서도 속이 끓는 것을 느낄 정도였다.

저들의 타령은 기가 흐르는 것을 방해하고 감각을 망가트리고 있었다.

그 속에서 사마련주는 자유로웠다.

가라, 가라. 거지들의 타령에 맞추어 타구봉진이 움직였고, 마찬가지로 사마련주가 앞으로 나아갔다.

검은 전류가 사마련주의 몸을 뒤덮는다. 그의 독문무공인 흑뢰번천이 그 진가를 보이고 있었다.

이성민도, 위지호연도 보지 못한 사마련주의 힘이 억제되지 않고 풀려나온다.

쿠릉…… 쿠르르릉…….

뇌운 속에서 번개가 우는 소리를 낸다. 사마련주의 몸이 투명한 검은 번개에 삼켜졌다.

흑뢰번천이 추구하는 것은 극쾌. 이성민의 머릿속에서 사마련주의 목소리가 들렸다.

아까와는 다르게 흥분이 가라앉아 싸늘했다. 그 목소리를 통해, 이성민은 사마련주가 개방의 대 타구봉진에 실망했다는 것을 깨달았다.

내심 어처구니가 없었다. 개방의 대 타구봉진은 절진 중의 절진이라고 불릴 만했다. 초월지경의 고수라고 해도 대 타구봉진과 정면으로 맞선다면 버티기 힘들 것이다.

이성민의 생각에 암존이나 검존까지는 타구봉진과 맞선다면 죽음을 맞을 것이고, 만약 자신이 타구봉진과 싸우게 된다면 요력을 한계까지 쓰고 나서야 간신히 도망치는 것이 가능할 것만 같았다.

"난(亂)! 타(打)!"

무걸개가 토하듯이 외쳤다. 흑풍이 일렁거린다. 그것은 수십 개의 바람이 되어 사방을 점했다.

활로는? 보이지 않는다. 적어도 이성민의 눈에는 그랬다.

하지만 사마련주는 이성민이 보는 것과 다른 것을 본다.

[보아라.]

사마련주의 전음이 들려왔다. 활로가 보이지 않는 흑풍의 난타 속에서 사마련주는 느긋하게 한 걸음 걸었다.

극쾌를 추구하는 흑뢰번천의 운용자이면서도 그의 걸음은 느렸다. 적어도 이성민이 보기에는 그랬다.

하지만 사마련주에게는 다르다. 뻗은 발이 땅에 닿았을 때. 그는 한 줄기의 번개가 되었다.

사납게 몰아치는 흑풍은 활로를 두지 않았으나 번개가 된 사마련주는 불어 닥치는 바람보다 빨랐다. 흑풍 사이의 미약한 틈은 사마련주에게 있어서 넉넉히 한 몸 빼낼 수 있는 통로였다.

활로는 아니었다. 그의 무위라면 피할 것도 없이 정면으로 저 흑풍을 깨부술 수 있었을 테니까.

무걸개가 놀랐다. 순간의 당황은 지시를 잊게 만들었다. 찰나라 할 수 있는 짧은 시간이었지만 사마련주에게는 충분한 시간이었다. 사마련주의 손이 정면을 때렸다.

쫘르릉!

또다시 벽력이 터진다. 타구봉진을 이루고 있던 거지들의 안색이 하얗게 질렸다. 울렁거리는 속을 추스를 틈…… 주지 않을 수도 있었다. 허나 사마련주는 굳이 기다려 주었다.

지금 느끼고 있는 실망감이 흥분으로 바뀌는 것을 기대하며.

"공(攻)! 방(防)!"

무걸개가 다시 고함을 지른다. 서른셋의 공격과 서른셋의 방어로 나뉜다. 다시 한번 흑풍이 몰아친다.

역시, 기대를 저버리면 더 큰 실망을 느끼는 법이야. 사마련주는 그렇게 중얼거리며 오른손을 앞으로 뻗었다.

흑뢰번천(黑雷翻天), 만뢰(萬雷).

쫘아앙!

이성민은 폭음에 놀라 뒤로 물러섰다. 쏟아진 만뢰가 서른셋의 공격을 찢었고 서른셋의 방어를 무너뜨렸다. 이번에는 기다려 주지 않았다. 더 기대해 봤자 더한 실망을 느낄 것임을 알았기 때문이다.

사마련주의 왼손이 들렸다.

흑뢰번천, 뇌운(雷雲). 유유히 흐른 왼손이 검은 강기를 길게 늘어뜨렸다. 손끝을 튕기자 길게 늘어선 강기가 앞으로 천천히 밀려났다.

사마련주는 휘두른 왼손을 뒤집었다. 늘어진 강기가 부풀어 올랐다. 그 안에는 이성민이 상상하기조차 힘들 정도의 어마어마한 힘이 응집되고 있었다.

"개벽(開闢)."

소리가 사라졌다.

강기가 늘어나고, 부풀고, 터진다.

이성민이 이해한 것은 그것뿐이었다. 그 안에 있던 어마어마한 힘이 개방된 순간. 소리가 사라졌고 시야가 검게 물들었다.

이성민은 주춤거리며 뒤로 물러섰다. 바람이 잦아든다. 타령은 더 이상 들리지 않았다. 타구봉진의 지배하에 있던 공간은 주인을 잃고서 원래의 세상으로 돌아갔다.

조금씩 시야가 회복된다. 이성민이 본 것은 움찔거리며 쓰러져 있는 거지들이었다.

"헉…… 허억……."

무걸개는 죽지 않았다. 그는 비틀거리며 몸을 일으켰다. 몸이 제대로 움직이지 않아 타구봉으로 몸을 지탱하려 했지만, 그 순간에서야 무걸개는 깨달았다. 흑색 타구봉이 두 동강 나 있다는 사실을.

무걸개의 타구봉뿐만이 아니었다. 타구봉진을 이끌던 개방도의 모든 타구봉이 두 동강 나 있었다. 사마련주는 들었던 손을 아래로 내리며 중얼거렸다.

"기대가 과했군."

짜증이 가득한 목소리였다.

"사대 절진 중 제일이라고? 물론 본좌는 그 말을 믿지는 않았다만…… 그 정도 자신감이라면 뭔가 있을 것이라 생각했는데. 별것 아니구나."

"이, 이놈……!"

"조금 더 봐볼까 생각했다만, 봐봤자 실망만 더 할 것이라 여겼다."

"개방을 모욕하지 말……."

"너야말로 본좌를 모욕하는군. 너희가 싸운 것은 사마련주인 마황 양일천이다. 사파제일인이자 어쩌면 무림제일인일지도 모르고 또 어쩌면 고금제일인일지도 모르는 위인이란 말이지."

의외로 사마련주는 무림제일인이나 고금제일인이라는 말을 쉽게 담지는 않았다.

"그런 본좌를 상대로 강아지나 때려잡을 봉춤을 선보이다니. 본좌를 모욕하는 것도 정도가 있는 법이다."

"아직 끝나지 않았……."

"아니, 끝났다."

사마련주가 머리를 가로저었다.

"너희를 죄다 죽일 수도 있었다. 죽이지 않은 것은, 보통의 경우에서 죽이는 것보다는 제압하는 것이 더 까다롭고 귀찮기 때문이다. 그래서 굳이 너희를 죽이지 않고 제압했지. 죽이는 것은 너무 쉬우니까."

그 말에 무걸개가 말을 잊었다.

그 뒤편에 있던 개방 장로들은 수치심과 모욕감에 눈물을 뚝뚝 흘렸다.

취걸은 오가는 모든 이야기를 듣고 있었으나 땅에 몸을 누이고 기절한 척 얌전히 있었다.

그는 사마련주가 베푼 자비에 감사했고 지껄여대는 사부가 닥치기를 간절히 기도했다.

"……죽여라."

"그럴 가치가 없다."

사마련주는 그렇게 말하면서 이성민을 돌아보았다.

"경외심을 심어주기 위해 나섰다만. 이거야 원…… 뭔가를 제대로 보여주지도 못했구나."

"……충분히 봤다고 생각합니다."

"그래? 본좌는 몸풀기도 안 된 것 같다만."

사마련주는 피식 웃으며 대답했다.

격이 다르다.

사마련주와의 거리감이 아득하게 느껴졌다. 이성민은 꿀꺽 침을 삼켰다. 절정 고수가 되었을 때에는 초절정과 격의 차이를 느꼈다.

초절정이 되었을 때에는 초월지경에게 격의 차이를 느꼈다.

지금은?

[저기까지다.]

허주가 말했다.

[저 녀석이 도달한 곳이 인간으로서 도달할 수 있는 끝이다. 저 이상의 경지로 나아가게 된다면 그건 더 이상 인간이라 할 수가 없어.]

'인외가 되어버린다는 뜻이냐?'

[아니. 그따위 것과 비교하지 마라. 그것은 저 녀석에 대한 모욕이다. 인외란 인간에서 괴물이 되는 것. 그렇게 되는 것에는 스스로의 인간성을 포기하는 것만으로 충분하지.]

뱀파이어의 피를 마시면 뱀파이어가 된다. 흑마법사는 마왕에게 육체를 바친다면 리치가 된다. 마왕이나 다른 고위 흑마법의 저주에 걸린다면 리치가 된다. 라이칸슬로프에게 감염된다면 라이칸슬로프가 된다. 인간이 요력에 물든다면 요괴가 된다.

[순수한 무(武)만으로 인간이 아니게 될 수준에 도달한 것이다. 그것을 인외라고 할 수는 없지. 인간을 아득히 초월했다고 말하는 것이 옳을 것이다. 이미 무의 수준은 인간을 아득히 초월한 듯싶지만…… 아직 몸뚱이는 인간인 모양이로군.]

허주는 진심으로 감탄하고 있었다. 그가 본 인간 중에서 사마련주가 가장 강하다는 것은 틀림없는 사실이었다.

"더 볼 것도 없겠군."

사마련주는 머리를 들었다. 그가 보는 것은 먼 곳에 있는 무림맹의 높은 전각이었다.

흑룡협은 고민하고 있었다. 그가 생각하기에, 사마련주와 정면으로 맞붙는다면 자신의 패배는 틀림없는 사실이었다.

만전의 상태여도 패배가 확정일 터인데, 지금의 흑룡협은 주원과의 싸움에서 입은 상처를 아직 다 치유하지도 못한 상태였다.

다양한 방법을 써보았다. 엘릭서도 사용해 보았고 고위 신관을 몰래 불러다가 신성 마법도 사용해 보았다.

고명한 의원도 불러 보았다. 하지만 소용이 없었다. 흑룡협은 뿌득 이를 갈면서 왼쪽 옆구리를 더듬었다.

주원의 손톱에 찢겼던 상처. 조금만 더 깊이 들어갔다면 몸이 아예 두 동강이 났을 것이다. 간신히 상처를 붙잡고 도주했지만, 주원에게서 입은 상처는 아물었음에도 통증을 유발하였고 몸을 움직이는 것을 방해하고 있었다.

독, 이라고 했다. 독…… 솔직히 어이가 없었다. 반쪽이라고 하더라도 흑룡협은 드래곤이다. 그런 드래곤이 독 때문에 고생하다니.

'왜 이리 대답이 없는 거야?'

사마련주와 싸운다면 필패. 그것을 뻔히 알았지만, 흑룡협은 마음대로 무림맹을 떠날 수도 없는 몸이었다.

그가 맹주로 지내는 것은 무신의 뜻이었고, 영매의 뜻이었다. 영매와 무신의 허락이 있지 않은 한 흑룡협은 무림맹을 떠날 수가 없었다.

'처량하군.'

흑룡협은 수정구를 노려보았다. 사마련주가 무림맹으로 쳐들어왔다는 말에는 영매도 당황을 숨기지 못했다. 잠시 기다려 보란 말을 듣고서 시간이 꽤 지났는데. 아직 영매에게 지령이 내려오지 않았다.

흑룡협은 초조함에 입술을 잘근 씹었다. 그러면서도 내심 생각하였다. 아무리 사마련주라지만 설마 무림맹으로 직접 쳐

들어오겠냐는 생각을.

쿠르르릉!

무림맹의 건물이 뒤흔들렸다.

흑룡협은 양손으로 얼굴을 감싸 쥐며 탄식을 흘렸다.

"미친놈."

그냥 다 무시하고 도망칠걸.

흑룡협은 그렇게 생각하며 몸을 일으켰다.

3장
흑룡협

　사마련주는 뻗은 일장을 내려놓았다. 그의 주변에는 거품을 물고 기절한 무림맹 무사들이 가득했다.

　죽은 이들은 없었다. 사마련주가 그들을 위해 손속에 사정을 두어서가 아니라, 죽이지 않고 예외 없이 제압하는 것이 더욱 힘든 일이기 때문이었다.

　몰살이라는 쉬운 길을 내버려 두고서 제압이라는 어려운 길로 돌아가는 것이, 이 지루한 상황을 조금이라도 즐기기 위한 사마련주 나름의 방식이었다.

　"도망가지는 않은 모양이군."

　사마련주는 무림맹의 전각 위를 올려 보며 중얼거렸다.

　이성민은 잘 느낄 수가 없었지만, 사마련주는 선명하게 느끼고 있었다.

전각 위의 존재감. 사마련주의 입가에 가느다란 미소가 어렸다.

그는 느껴지는 흑룡협의 존재감에 조금은 만족했다. 제자에게 스승으로서의 위엄을 세워 줄 만한 상대라고 느꼈기 때문이었다.

"요구사항은 없느냐?"

사마련주가 이성민을 힐긋 보며 물었다.

요구사항이라니. 이성민은 그 말을 이해하지 못하고 머리를 갸웃거렸다. 사마련주가 껄껄거리며 웃었다.

"흑룡협을 때려잡을 때 말이다. 네놈이 바라는 것이 있다면 최대한 하도록 하마."

"……십 초 안에 제압할 수 있으십니까?"

"십 초라? 흠."

사마련주가 미간을 찡그렸다. 턱을 어루만지며 잠시 생각하던 사마련주가 머리를 가로저었다.

"싸워본 적이 없는 놈이라 십초지적을 장담할 수는 없겠구나. 하지만 노력은 해보지."

오만하기 짝이 없는 말이었다.

사마련주나 무신, 검선과는 격이 떨어진다고 해도. 흑룡협은 창왕과 비슷한 정도의 실력을 가진 고수였다.

게다가 그는 반인반룡이기에, 무공과는 관계없는 육체적 강함까지 가지고 있다. 창왕에게 패배한 이성민은 흑룡협과 싸우게 된다면 당연히 자신의 패배를 생각할 수밖에 없었다.

사마련주는 그런 흑룡협을 상대로 십초지적을 논하고 있었다.

장담할 수 없다고 덧붙이기는 하였어도. 이성민은 이곳까지 오는 길에 사마련주가 보여준 신적인 무위를 떠올렸다.

타구봉진을 손쉽게 무너뜨린 것도 대단했지만, 정말 대단하다고 느꼈던 것은 사마련주의 의기상인이었다.

그것은 이성민이 사용하는 드래곤 프레서와는 다르다. 내공만으로 주변의 수십 수백 명에게 내상을 입힌다. 위력의 조절은 물론이고 압박할 상대와 압박하지 않을 상대도 확실하게 구분하고 있다.

이성민은 사마련주만큼 섬세하게 내공을 다루지 못했다. 드래곤의 프레서를 사용해서 의기상인 비슷한 것은 할 수 있었지만, 섬세하지는 않다.

"오는군."

사마련주가 위를 올려 보며 중얼거렸다.

흑색 장포가 펄럭거린다. 흑룡협은 천천히 아래로 떨어지면서 밑을 내려보았다.

무림맹의 무사들이 게거품을 물고 쓰러져 있는 것이 보였다. 그중에서는 무림맹 내에서 높은 지위를 가진 간부들도 보였다.

'이런 쓸모없는……'

아니, 흑룡협은 한숨을 삼켰다. 사실 저들을 비난할 문제는
아니었다.

이곳이 무림맹이라고는 해도, 세간의 인식처럼 무림맹에 고
수들이 득실거리는 것은 아니었다.

에리아는 넓다. 그 모든 땅덩어리가 무림맹의 영향 아래에
놓인 것은 아니지만, 에리아에서 정파의 영역만 따져도 그 크
기가 어마어마하다.

무림맹의 고수들은 무림맹 바깥으로 파견되고, 무림맹을 이
루는 구파일방이나 중소 방파, 무림세가들은 자신들의 영역에
서 나오지 않는다.

즉, 크론의 무림맹 건물은 상징적인 의미 외에 커다란 무력
을 갖지 않는다는 말이다.

구파일방을 비롯한 문파나 세가의 고수들은 그들의 영역에
있지 무림맹에 있는 것은 아니다. 소속 없는 고수들은 대부분
무림맹에 적을 두기는 하지만, 그들 모두가 무림맹에 남은 것
도 아니다.

'아니었다고 해도 결과는 바뀌지 않았겠지만.'

바닥이 가까워진다. 흑룡협은 주먹을 꽉 말아 쥐었다. 이곳
에 무림맹의 전력과 구파일방의 전력이 모였다고 해도 사마련

주의 전진을 막을 수는 없었을 것이다.

그는 그런 괴물이다. 흑룡협은 사마련주와 싸워본 적이 없었으나, 그가 얼마나 강한 힘을 가지고 있는지 확연하게 느끼고 있었다.

무신과 비교해 본다. 흑룡협이 무신을 만났던 것은 백 년 전. 그때의 무신과 비교해 본다면······.

'비교도 안 돼.'

폐관을 끝내고 나온 무신이 얼마나 강한지는 겪어보지 않았지만······ 흑룡협은 사마련주에게 경외심을 품을 수밖에 없었다.

순수한 인간이 저 정도의 힘을 갖는 것이 가능하단 말인가.

"대체 무슨 이유로 이런 짓을 하는 것이오?"

경외심을 잠시 뒤로 밀어두고서 흑룡협은 사마련주에게 그렇게 질문했다.

타악.

사마련주와 조금 떨어진 위치에 내려선 흑룡협은 경계 어린 얼굴로 사마련주를 보았다.

사마련주는 뒷짐을 지고 있는 자세를 무너뜨리지 않고서 흑룡협의 얼굴을 빤히 보았다.

"사마련과의 관계는 아직 나쁘지 않은 것으로 아오만. 무림 맹은 사마련에게 아직 싸움을 걸지 않았소."

사실이기는 했다. 사마련의 혈군 패문후와 접촉하여, 사마련주가 없는 사마련을 주물러 보려는 시도를 했던 것은 사실이나.

그를 제외하고서 무림맹과 사마련 사이에 직접적인 충돌은 없었다.

귀창을 압박했던 것?

그것에 대해서는 떳떳하지 못한 입장이기는 했지만, 그것이 사마련주라는 괴물이 직접 움직일 만큼 큰 의미가 있는 일이었단 말인가?

"이유라."

사마련주가 중얼거렸다. 뒷짐을 지고 있던 자세가 풀린다. 사마련주는 양손을 늘어뜨리고서 머리를 흔들었다.

"무림맹과 사마련의 관계가 이유인 것은 아니야."

"그렇다면…… 어째서?"

"네가 가장 건드리기 쉬운 상대였을 뿐이다."

흑룡협의 말문이 막혔다. 그는 사마련주의 말이 당최 무슨 의미인 것인지 이해하지 못했다.

아니, 이해하지 않으려 했다. 하고 싶지 않았던 것이다. 이곳은 무림맹이고, 흑룡협은 어쨌거나 무림맹주였다. 상대는 사마련주였고.

"서로의 입장은 생각하지 않……."

"않는다."

사마련주가 흑룡협의 말을 끊었다.

"의미가 없지 않느냐."

사마련주가 껄껄거리며 웃었다. 그는 성큼성큼 앞으로 걸어나갔다.

"지금부터 세어 보아라."

흑룡협이 아닌, 이성민에게 한 말이었다. 이성민은 꿀꺽 침을 삼켰다.

사마련주가 무엇을 세보라고 한 것인지는 이해했다. 십 초 안에 제압할 수 있느냐, 라는 말. 사마련주는 장담할 수 없다고 하였지만…… 저리 말하는 것을 보면, 진심으로 십 초 안에 제압하는 것을 시도해 볼 생각인 모양이었다.

실제로 그랬다. 이성민은 사마련주의 움직임을 놓쳤다.

흑룡협은 이성민보다 무위가 높았고, 이성민이 보지 못하는 것을 볼 수가 있었다.

하지만 그런 흑룡협으로서도 사마련주의 고속이동을 완전히 좇지는 못했다.

흑룡협은 기겁하면서 드래곤의 비늘을 전신에 두르고 호신강기를 일으켰다. 제대로 대화도 나누지 않고서 이렇게 덤벼올 것이라고는 상상도 하지 못했다.

늦다.

꽈지지직!

섬뜩한 소리와 함께 흑룡협의 몸이 뒤로 날아갔다.

그는 자신에게 대체 어떤 일이 벌어진 것인지 눈치채지 못했다.

뒤흔들리는 시야 속에서 뜯겨 나간 검은 비늘이 가루로 변하는 것이 보였다. 뭐라고 말을 하려 했지만, 목구멍에서 올라오는 피가 뜨겁고 비리다.

맞았다…… 무엇으로? 어느 틈에? 흑룡협은 공중에서 균형을 잡으려 했다.

꽈드득!

흑룡협의 몸이 날아가던 방향의 정반대로 다시 날아간다. 등판이 박살 날 것처럼 아팠다.

이번에도 비늘을 일으킬 틈이 없었다. 호신강기가 무의미하다. 뭐로 때려 갈기는 것인지는 모르겠지만, 사마련주의 공격은 호신강기와 드래곤 비늘을 정면으로 짓뭉개며 타격을 전하고 있었다.

하지만 흑룡협은 넋 놓고 당하고 있지만은 않았다. 다짜고짜 공격해 오는 사마련주에게 분노가 들었다. 그는 맹렬한 살의를 일으키면서 내공을 끌어올렸다.

쿠와아앙!

흑룡협을 중심으로 하여 검은빛이 부풀었다. 시커먼 빛을 구체로 만들어 그 안에 선 흑룡협은 간신히 자세를 추슬렀다.

흑룡협의 얼굴이 일그러졌다. 알 수밖에 없었다. 감각의 추격보다 빠르게 들어오던 공격이 우뚝 멈춘 것. 고작 두 번의 공격으로 사마련주가 지쳤을 리가 없다.

몸을 추스를 '틈'을 준 것이다. 실제로 사마련주는 어깨에 묻은 흙먼지를 손으로 털면서 흑룡협을 보고 있었다.

"크르르르!"

흑룡협의 눈동자가 가늘게 변했다.

인간의 눈이 아닌 드래곤의 눈이었다.

아아아아!

흑룡협이 지르는 외침은 사자후가 되어 공간을 뒤흔들었다.

아니, 저것은 사자후가 아니다. 이성민은 섬뜩한 기분을 느끼며 식은땀으로 찬 주먹을 꽉 쥐었다.

흑룡협의 몸을 뒤덮었던 시커먼 빛이 한 점으로 모인다. 사마련주는 느긋한 모습으로 서서 그것을 기다렸다.

쫘아아앙!

커다란 떨림과 소리, 그것을 동반한 빛이 쏘아졌다.

흑룡협은 전력을 다해 브레스를 쏘았다. 드래곤의 모습이 아닌 인간의 모습으로 쏜 것이라고는 하지만, 그것이 브레스의 위력을 결정짓는 것은 아니었다.

사마련주는 덮쳐오는 브레스를 향해 오른손을 들었다.

파직!

한 줄기 전류가 튀어 올랐다. 살며시 밀어내는 손짓이 브레스와 닿는다.

부풀고 터졌다. 흑룡협의 브레스는 그 막대한 힘의 흐름 안으로 파고들어 온 사마련주의 내공에 의해 갈기갈기 찢겼다.

흑룡협은 자신의 브레스가 허무하게 파쇄되고 흩어져 소멸하는 것을 믿을 수 없다는 눈으로 보았다.

사마련주의 입가에 비릿한 미소가 어렸다.

"커억!"

흑룡협이 숨을 삼키는 소리를 냈다. 이를 꽉 악물었지만 터져 나온 피는 입술 사이와 코에서 뿜어졌다.

어느 틈인가 사마련주는 흑룡협의 코앞에 있었고, 그의 주먹은 흑룡협의 배에 박혀 있었다.

비늘과 호신강기는 여전히 의미를 갖지 않았다.

흑룡협의 방어는 사마련주에게 있어서는 종잇장보다 얇고 연약했다.

흑룡협은 피를 토하면서 양손을 휘둘렀다. 그의 양손은 장법과 권법을 넘나들며 현란한 변화를 보였다.

이성민이 보기에는, 그것을 꿰뚫을 만한 틈은 없는 것만 같았다.

하지만 이번에도 사마련주에게는 아니었다. 사마련주가 온

갓 변화를 보이는 흑룡협의 공세를 꿰고 들어가는 것은 일권으로 충분했다.

흑룡협의 가슴이 함몰된 것처럼 움푹 들어갔다. 비틀거리며 물러서던 흑룡협의 두 눈이 뒤흔들렸다.

그는 떨리는 양팔을 들어 올렸다. 그의 양팔은 꺾여서는 안 될 각도로 꺾여 있었다.

사마련주의 일권은 틈을 파고들어 흑룡협의 가슴을 때린 것이 아니었다. 거슬리는 모든 것을 밀어내고 전진한 것이었다.

'격이 달라……'

같은 초월지경인데. 싸움이 이루어지지 않는다. 사마련주가 강하다는 것은 알았지만 이렇게까지 강할 것이라고는 생각도 하지 못했다.

흑룡협을 위험하게 만들었던 프레데터의 주원이 온다 해도 사마련주의 상대는 되지 못할 것이다.

창왕은 말할 것도 없다. 그런 일은 없겠지만, 흑룡협은 자신과 창왕, 주원 셋이서 협공하여 사마련주를 공격한다고 해도 승기를 잡을 자신이 없었다.

"으아아아!"

그 압도적인 격차는 흑룡협을 절망시키면서도 모욕감을 느끼게 만들었다.

반쪽이라고 해도 그는 드래곤이었다. 피와 함께 흐르는 드래곤의 자존심은 흑룡협의 이성을 뒤집었다.

고함을 지르며 덤벼오는 흑룡협을 보며 사마련주는 내심 흐뭇함에 머리를 끄덕거렸다.

'십 초 안에 끝났군.'

생각보다 흑룡협이 강하지 않았다. 아니, 그가 만전의 상태였다면 조금 달랐을까? 사마련주는 흑룡협의 옆구리를 힐긋 보았다.

몸을 움직이는 것이 자연스럽지 않았다. 아무래도 옆구리에 큰 상처를 입은 모양이었다. 그렇다고 사정을 봐 줄 생각은 없었다.

빠각!

흑룡협은, 머릿속에서 그런 둔탁한 울림이 길게 맴도는 것을 느꼈다.

그것이 흑룡협이 들은 마지막 소리였다.

"십 초 안에 끝냈다."

사마련주가 뿌듯한 목소리로 말했다. 정신을 잃고 축 늘어진 흑룡협은 땅에 몸을 뉘지 못했다.

사마련주는 그의 몸을 격공섭물로 띄운 뒤에 이성민에게 다가왔다.

이성민은 뭐라 할 말이 없었다. 놀람으로 반쯤 벌리고 있던 입을 다물고 나서야 이성민은 자신이 본 것을 이해했다.

사마련주의 움직임은 화려하지 않았다. 흑룡협을 두들겨 팬 것은 현란한 강기공의 정수가 아닌 사마련주의 맨주먹이었다.

그것으로 충분했다.

흑뢰번천의 극쾌를 담은 사마련주의 몸짓은 강기보다 빠르고 강기보다 강력했다.

그의 육체는 이 상황에서만큼은 세상 그 무엇보다 강력하고 빠른 무기였다.

김종현 토벌 때에, 이성민은 흑룡협을 상대하지 않고 도망쳤다. 그의 비늘을 부술 자신이 없었기 때문이었다.

사마련주는 그 드래곤의 비늘을 맨손으로 깨부쉈다. 이성민으로서는 흉내 낼 수조차 없는 경지였다.

"……이제 어쩌실 겁니까?"

"일단 나가야지."

당연하지 않느냐. 사마련주가 덧붙였다. 그는 주변을 쭉 둘러 보았다.

무림맹의 무사들은 모조리 쓰러져 있었다. 그나마 방해가 되었던 개방도들도 내상을 아직 치유하지 못했을 터이니, 돌아가는 것에 방해는 없을 것이다.

"마차로 가자."

"흑룡협은 어쩝니까?"

그 말에 사마련주는 옆을 힐긋 보았다. 흑룡협은 입에서 피를 줄줄 흘리며 기절한 상태로 공중에 떠 있었다.

"데리고 가자."

"예?"

"심문도 해야 하니까. 이곳에서 놈을 심문하였다가는 또 벌레들이 몰려올 터이니, 그냥 데려가는 것이 나을 것 같다."

위험하지 않겠습니까?

이성민은 목구멍까지 올라온 그 말을 조용히 삼켰다.

그럴 리가 없다는 것을 잘 알게 된 탓이었다.

사마련주와 자신이 없는 사이에, 무림맹이 이쪽을 공격해 오는 것이 아닐까 걱정했는데, 마차는 있던 곳에 그대로 놓여 있었다.

예화는 사마련주가 명령했던 대로 주변을 경계하고 있었고, 스칼렛은 여유롭게 마부석에 앉아서 독서를 즐기고 있었다. 그 평화로운 모습에 이성민은 조금 안심했다.

"련주님."

예화가 먼저 다가오는 사마련주와 이성민을 알아차렸다. 그 부름에 스칼렛은 펼치고 있던 책을 덮었다.

그러다가 눈을 동그랗게 뜨고서 사마련주의 곁에 둥실둥실 떠 있는 흑룡협을 보았다.

"그건 또 뭐야?"

"무림맹주입니다."

그렇게 대답하면서, 이성민은 작금의 상황이 얼마나 어이없는 것인지를 자각했다.

사마련주와 이성민이 크론 무림맹으로 앞뒤 안 가리고 쳐들어가고서 반나절이 채 지나지 않았다.

그 반나절 동안 크론 중소 방파의 무림인들 태반이 거품을 물고 기절했고, 개방주를 포함한 백 명 개방도들이 펼친 대 타구봉진이 무너졌으며, 무림맹의 무사들이 기절하고 무림맹주 흑룡협이 제압되어 이곳까지 끌려왔다.

"……그래도 되는 거야?"

벙찐 표정을 짓고 있던 스칼렛이 더듬거리며 묻는다. 그녀는 마법사 길드 소속이었지만, 그렇다고 해서 무림맹과 사마련의 관계에 무지한 것은 아니었다.

맹주 본인을 제압하여 이곳으로 끌고 온 것은, 스칼렛이 보기에도 상식에 어긋나는 일이었다.

이성민은 대답하지 않았다. 일을 저지른 것은 사마련주였으니까.

"안 될 것은 없지."

사마련주가 마차의 문을 열었다.

그는 흑룡협의 몸을 마차 안에 던져 놓고서 마차를 출발하라 명령했다.

목적지를 알리지는 않았으나, 예화는 이 마차를 어디로 이

끌어야 하는 것인지 이미 알고 있었다.

크론에서의 목적이 끝난 후에는 트라비아로 가기로 예정되어 있다.

뱀파이어 퀸인 제니엘라를 만나, 그녀가 본 미래가 어떤 것인지 듣기 위해서였다.

스칼렛은 조금 불편해 보이기는 했지만, 그렇다고 마부석에 앉고 싶지는 않았기에 마차 안에 탔다.

흑룡협의 입가와 턱에는 흐른 핏물이 그대로 굳어 있었다. 스칼렛은 그런 흑룡협을 보며 눈썹을 찡그렸다.

"죽은 건 아니죠?"

"아깝게 죽일 수는 없지."

사마련주는 그렇게 말하며 흑룡협의 맞은편에 앉았다. 이성민이 흑룡협의 곁에 앉자 마차가 출발했다.

사마련주는 손을 들어 흑룡협의 손목을 잡았다.

"허윽!"

손목을 타고 들어오는 맹렬한 기에 흑룡협의 눈이 번쩍 떠졌다.

그는 가는 비명을 지르며 목구멍을 막고 있던 피를 뿜었다. 그 맞은편에 앉아 있던 사마련주는 흑룡협이 뿜은 피를 그대로 얼굴에 뒤집어쓸 뻔하였지만, 핏방울이 사마련주의 코앞에서 그대로 증발해 버렸다.

그것을 힐긋 보며 이성민은 내심 아쉬움을 느꼈다. 그대로 얼굴이 피범벅이 되었으면 제법 재미있었을 텐데.

[저 정도 고수가 그것도 못 피하겠냐?]

'꽤 인정하는 모양이지?'

[인정하다마다. 맨손으로 드래곤 비늘을 으깰 정도라면 이 어르신의 술잔을 받기에 충분하지. 어르신이 살아있을 적 저 놈을 만났더라면, 술친구로 삼아줬을 것이다.]

아무래도 허주는 사마련주의 무위가 마음에 드는 모양이었다.

그것에 이성민은 자신도 모르게 조금 불퉁한 기분을 느낄 수밖에 없었다.

그런 이성민의 감정 변화는 그와 심적으로 연결 된 허주에게 그대로 느껴진다. 허주가 낄낄거리며 비웃음을 흘렸다.

[새끼. 질투라도 하는 것이냐?]

'내가 왜 질투를 하나?'

[너한테는 이런 말을 해준 적이 없으니까. 너는…… 흠. 술친구는 못 되도 데리고 다니는 종자쯤은 되었겠군.]

'닥쳐.'

[스스로 약하고 못난 것을 왜 나한테 지랄이냐?]

허주가 이죽거렸고 이성민은 그 말을 무시했다.

그러는 동안 정신을 차린 흑룡협은 숨을 몰아쉬면서 상황을 살피고 있었다.

그는 뭐라고 말을 하려 하였으나, 함몰된 가슴의 상처가 그대로라 뭐라 말을 제대로 잇지를 못했다.

드래곤의 강인한 몸뚱이가 아니었더라면 치료가 늦어졌을 때 사망이 확정될 정도로 중한 상처였다.

사마련주는 그런 흑룡협을 향해 엘릭서 병을 던졌다.

"마셔라."

흑룡협은 얌전히 엘릭서 병을 받았다. 혈도가 점해진 것은 아니다.

하지만 흑룡협은 이미 몸으로 겪어보았기 때문에 잘 알고 있었다.

자신이 탈출을 시도하거나, 곁에 있는 귀창이나 사마련주 곁에 있는 마법사를 해하려 한다면.

행동이 완성되기도 전에 제압되거나 죽게 될 것임을. 결국 흑룡협은 저항을 포기하고 엘릭서를 마셨다.

상처가 회복되고서, 그는 길게 한숨을 내쉬었다.

"……나에게 무엇을 원하는 거요?"

"네가 무엇을 줄 수 있을까에 따라 달려 있지."

사마련주는 여전히 가면을 벗고 있었다. 흑룡협의 저항을 염두에 두었기 때문이다.

할 수 있음에도 흑룡협의 혈도를 제압하지 않은 것은, 그를 심적으로 압박하기 위해서였다.

네가 뭔 수작을 부리던 아무 의미가 없다는 압박을. 그것은 잘 먹혀 들어갔다. 흑룡협은 시선을 아래로 떨구며 중얼거렸다.

"무엇을 요구하는지부터 말하시오."

"질문을 몇 가지 할 셈이다. 네가 솔직하게 대답해 준다면 좋겠군."

"……이 처지가 되어서 거짓을 말할 셈은 없소."

"그건 모르는 일이지. 살고 싶나?"

사마련주가 싸늘한 시선을 던지며 묻는다. 흑룡협은 초조함을 느끼며 머리를 끄덕거렸다.

"진실을 말할 것을 맹세하오."

흑룡협이 그렇게 말했음에도 사마련주의 표정은 변하지 않는다. 이성민은 주의 깊은 눈으로 흑룡협을 살폈다.

권존에게서 천외천에 대해 듣기는 하였지만, 권존과 흑룡협은 서 있는 위치가 다르다. 흑룡협이라면 권존이 모르던 천외천의 진실에 대해 보다 정확히 말해줄 수 있을 것만 같았다.

"천외천의 목적은 모순이다."

사마련주가 입을 열었다.

"이 세상에서 인간을 제외한 모든 인외를 없앤다. 엘프 같은 아인이야 인간의 범주에 들기는 하지만, 흑룡협. 너는 아니지.

반인반룡을 어찌 인간이라 할 수 있겠나?"

"……그건 그렇지."

"그런 네가 왜 천외천의 목적에 따르는 것이냐?"

"내가 따르는 것은 천외천의 목적이 아닌 무신이오."

흑룡협이 두 눈을 감으며 답했다.

"백 년 전. 나는 무신과 만났소. 정확하게 말하자면 무신이 나를 찾아왔지. 당시의 나는…… 나를 제외한 드래곤의 흔적을 쫓고 있었소."

"그래서?"

"무신이 말하더군. 이 세상에 더 이상 드래곤은 존재하지 않는다고. 그들은 수백 년 전에 이미 이 세상을 버리고 다른 차원으로 떠나버렸다고."

그 말에 이성민과 허주는 놀랄 수밖에 없었다. 드래곤의 행방에 대해서는 알려지지 않았다.

다만, 수백 년 전을 기점으로 하여 드래곤이 갑자기 모습을 감추었다는 것이 알려진 사실의 전부였다.

"물론 나는 그 말을 믿지 않았지. 헛소리하지 말라고 무신에게 싸움을 걸었지만…… 패배했소. 패배한 나에게 무신이 알려주었소. 드래곤은 이 세상을 버렸노라고. 이 세상에서 살아갈 수 없음을 깨닫고, 모두 다 같이 다른 차원으로 이주해 버렸다고 말이오."

그때의 기억을 떠올린 것인지 흑룡협의 목소리가 우울하게 잦아들었다.

"나로서는 허탈한 사실이었소. 반인반룡인 나는 인간으로 살아갈 수가 없었고, 어떻게 해서든 다른 드래곤과 만나고 싶었으니까. ……솔직히 말하자면. 나와 어머니를 버리고 떠난 아버지를 다시 만나고 싶은 마음도 없잖아 있기는 했소. 이제는 의미가 없는 일임을 알았지만."

흑룡협을 그렇게 말하며 이성민을 힐긋 보았다. 그러다가 그는, 이성민이 입고 있는 마갑에 눈길을 주었다.

"……혹시나 해서 묻는데. 그 갑옷……."

"드래곤의 비늘이다."

대답한 것은 사마련주였다. 그러자 이성민은 원망스러운 눈으로 사마련주를 노려보았다.

왜 괜한 말을 하느냐는 뜻을 담은 시선이었다. 이성민이 먹은 드래곤 하트는 흑룡협의 아버지의 것이었고, 마갑의 비늘 역시 흑룡협 아버지의 비늘이다.

사마련주의 대답에 흑룡협의 어깨가 부르르 떨렸다.

그의 입장에서 본다면, 이성민은 아버지의 심장을 처먹고 아버지의 가죽과 비늘로 옷을 해 입은 불구대천의 원수였다.

"……크르르."

흑룡협이 분노를 보이자, 즉시 사마련주가 반응했다. 그는 손을 들어 흑룡협의 머리를 때렸다.

따악, 하는 소리와 함께 흑룡협의 머리가 아래로 떨궈졌다.

흑룡협은 굴욕감을 느꼈지만, 얌전히 분노를 누그러뜨렸다. 지금 상황에서 칼자루를 쥔 것은 사마련주였다.

"어쨌…… 든. 무신은 자신을 따른다면, 언젠가 나를 드래곤들이 이주한 세상으로 보내주겠노라고 맹세했소."

"그 때문에 무신을 따르고 있다?"

"내가 지금 하고 있듯이, 무신 역시 그 일에 대해 맹세했소."

"무신의 말이 이뤄지는 것이 가능하다고 생각하는가?"

"생각하오."

그에 대해서, 흑룡협은 조금도 주저하지 않았다.

"사마련주, 당신이 인간이라 생각할 수 없는 압도적인 무위를 가지고 있다는 것은 인정하지만…… 무신은 강함 외에 다른 비밀을 가지고 있소. 그는 이 세상의 끝에 대해 알고 있고, 끝에 대비하기 위한 준비를 하고 있지."

'끝'에 대해 말할 때. 흑룡협은 주변을 살폈다. 그 역시 종언의 사도에 대해 알고 있는 모양이었다.

흑룡협의 그런 태도는 사마련주와 이성민에게 많은 사실을 알려 주었다.

무신 역시 종언의 사도를 알고 있으며, 끝을 대비하고 있다는 것은 종언에 맞서기 위한 준비를 하고 있다는 뜻이었다.

"'끝'에 대해서는 질문의 의미가 없습니다."

이성민이 입을 열었다. 그는 이런 상황을 여러 번 겪어보았다. 종언에 관한 이야기는 금기다. 말한다면 종언의 사도가 대화를 단절시킨다.

사마련에서는 아벨이 그리에스의 마법을 사용하여 사도가 개입하는 것을 가로막았지만, 이번에는 사도의 개입을 막아 줄 아벨이 함께 있지 않다.

"무신은 어디에 있나?"

잠깐 고민하던 사마련주가 질문했다. 그 말에 흑룡협이 머리를 가로저었다.

"모르오. 무신은…… 소천마와 만나기 위해 떠났었소. 하지만 지금은 연락이 끊어져서, 무신이 어디에 있는지는 나도 모르고 있소."

"마지막으로 연락이 되었던 것은?"

"휴잴 산맥."

진실의 맹세를 한 덕에 흑룡협은 사실만을 말하고 있었다. 휴잴산맥은 이성민의 기억에도 있었다.

남쪽, 어르무리, 야나, 마령정. 이성민은 떠오르는 단어들을 연결하며 표정을 굳혔다. 휴잴 산맥이라면…… 야나가 구미호로서의 힘을 얻은 곳이다.

'마령이 있는 곳.'

무신과의 연락은 그곳에서 끊어졌다고 했다.

무신은 위지호연을 만나기 위해 떠났는데…… 그가 휴잴 산맥에 갔었다는 것은.

그곳에 위지호연이 있었다는 뜻 아닌가. 사마련주는 딱딱하게 굳는 이성민의 얼굴을 힐긋 보았다.

"소천마를 잡은 건가?"

"모른다. 무신은 그에 대해서는 말하지 않았으니까. 하지만…… 잡지 못한 것이라 생각하오. 만약 무신이 소천마를 잡았더라면, 그가 아무런 연락을 하지 않았을 리가 없소."

"왜 너희는 소천마에게 집착하는 것이지?"

사마련주가 팔짱을 끼며 질문했다. 그 질문은 대답을 이어 가던 흑룡협을 멈칫 굳게 만들었다.

천외천이 위지호연에 대해 집착하는 이유는, 여태까지 흑룡협이 대답해 온 문제와는 사뭇 다른 무게를 가지고 있었다.

"내…… 내가 이 질문에 대답한다면……."

흑룡협이 맹세한 것은 진실을 말하는 것. 그렇기에 그는 대답을 조금 뒤로 미루면서 다른 말을 하는 것이 가능했다.

"무신이 나를 죽일지도 모르오."

"내 알 바인가?"

사마련주가 웃으며 물었다.

흑룡협은 아랫입술을 뿌득 씹었다.

대답하면 무신에게 죽는다. 대답을 계속 피하다가는 맹세로 인해 죽는다. 물러설 길은 없었다. 차라리 그렇다면…… 궁지에 몰린 흑룡협이 나름의 결의를 다질 때. 사마련주가 비웃는 목소리로 말했다.

"사마련에 올 테냐?"

"뭐, 요……?"

"굳이 무신을 따를 필요가 없다면 사마련으로 오너라. 네 목숨 정도는 보호해 줄 수 있을 테니까."

"지금 나보고 무신을 배신하라는 것이오?"

"네가 무신이 해주겠다는 것에 미련을 갖지 않는다면."

흑룡협의 눈동자가 바르르 떨렸다.

다른 드래곤들이 있는 타차원으로 이주하는 것.

무신이 흑룡협에게 약속한 것은 그것이었다. 흑룡협은 그걸 쉽사리 포기할 수가 없었다. 머뭇거리는 흑룡협을 향해 사마련주가 다시 말했다.

"뭘 그리 두려워하는 거냐. 본좌가 무신에게 네가 하지 말아야 할 이야기를 했다고 떠벌릴 것 같으냐?"

"그게…… 문제가 아니오. 당신이 무신에게 말하거나, 내가 말하지 않아도…… 무신은 나의 배신을 알아차릴 것이오."

"무신이 천리안이라도 가졌다는 것이냐?"

"비슷하지."

흑룡협이 우울한 목소리로 중얼거렸다.

"……제기랄."

선택할 수밖에 없었다. 어느 쪽이든 흑룡협에게 있어서는 죽음뿐이다. 물론 그는 죽고 싶지 않았다. 죽지 않기 위해서는? 흑룡협은 불안한 눈으로 사마련주를 보았다.

"……당신 밑으로 들어가면. 정말로 나를 지켜준다는 것이오?"

"할 수 있는 한은."

사마련주의 대답에 흑룡협은 다시 욕설을 내뱉었다.

"무신의 곁에는 영매가 있소."

호흡을 가다듬은 뒤에, 흑룡협이 그녀를 언급했다.

"소천마 위지호연에게 집착하는 이유는 영매 때문이지. 영매가 말하는 것이 진실인지는 나는 모르지만…… 무신은 영매의 말을 철석같이 믿고 있지."

"영매라……."

사마련주가 턱을 어루만졌다. 흑룡협은 사마련주의 눈치를 보며 말을 이었다.

"소천마는."

천외천이 왜 소천마에게 집착하는가에 대해서.

"그녀는…… 영매나 무신의 말을 빌리자면, 부조리한 존재인 것이오. 말이 되는 일이라 생각하시오? 한 인간이, 고작해야 삼십 년도 살지 않은 인간이. 수백 년 동안 무(武)라는 외길을 걸어 온 존재를 짓밟는 것이."

그 말에 사마련주는 이성민을 힐긋 보았다. 아니, 이 경우에 이성민은 해당되지 않는다.

그는 데니르의 수련뿐만이 아니라 므쉬의 수련까지 받았고, 검은 심장과 운명의 가호 덕에 이만한 경지에 도달한 것이니까. 하지만 소천마는 아니다.

"타고난 재능? 하하, 말이 안 되지. 사마련주나 무신, 그리고…… 나도. 재능이 부족하다고 여긴 적이 없는 존재들이오. 하지만 소천마의 재능은 너무 과해. 너무나도 부조리하고. 마치 누군가가 소천마에게 그 누구보다 부조리한 존재가 되라고 부추긴 것처럼 말이오."

"……그것이 너희가 소천마에게 집착하는 이유의 전부인가?"

"그럴 리가. 소천마의 부조리한 재능은 천외천의 이목을 집중시킬 정도는 아니었지. 소천마는…… 단순히, 우리에게 필요했소. 그녀의 힘이 아니라, 그녀라는 존재 자체가. 영매가 말하기를, 소천마는 거대한 법칙의 간섭을 받고 있다고 했소."

"법칙? 그건 또 뭐냐."

"나는 모르지. 그에 대해서는 영매도, 무신도 말하지 않으니까. 다만…… 내가 들은 것은."

여기까지 말했을 때, 흑룡협은 무신과 약속한 것에 대한 미련을 버렸다. 영매와 소천마에 대해 말한 이상 그는 더 이상 천외천으로 돌아갈 수가 없는 몸이 되었다.

"소천마를 '사용'해서 법칙에 간섭할 수가 있다더군."

"……법칙……."

이성민이 자그마한 목소리로 중얼거렸다. 흑룡협이 말을 계속했다.

"워낙 알 수 없는 말이라, 나도 무신에게 물었었소. 그게 대체 뭔 소리냐고. 그러자 무신이 말하더군. 때가 되고 준비가 되었을 때. 소천마를 사용한다면 법칙에 간섭하는 것이 가능하다고. 이 세상을 구성하고 있는, 절대로 바뀌지 않는 법칙에 간섭하여 그걸 임의로 수정할 수 있다고 말이오."

"그렇군."

모든 이야기를 듣고 있던 사마련주가 머리를 끄덕거렸다.

"무신이 왜, 이 세상에서 인외를 말살한다는 터무니없는 이야기를 이상으로 삼았는지 알겠어."

이성민도 흑룡협의 말을 이해했다.

만약 무신의 말이 사실이고, 위지호연을 사용해 법칙에 간섭하여 임의로 수정하는 것이 가능하다면.

이 세상에 인외가 존재한다는 법칙도 수정할 수 있다는 것일 테니까.

이성민은 골몰히 생각에 잠겼다.

위지호연이 천외천에 필요한 이유, 에 대해서는 권존에게 들었던 적이 있다.

사마련주도 익히 들어 알고 있다.

위지호연을 사용해서 법칙에 간섭하는 것. 하지만…… 모호하기 짝이 없는 말 아닌가.

그들의 목적은 법칙에 간섭해 인외를 말살하는 것이다.

그 법칙에 간섭하는 것에 위지호연이 필요한 것이고.

권존은 종언에 대해서 언급하지는 않았다. 하지만 흑룡협은 종언에 대해 직접적인 언급은 하지 않았어도 말하였고, 그것은 무신의 목적이 종언을 막는 것과 연결된다는 것.

그렇기에, 법칙에 간섭한다느니 하는 이야기는 이성민과 사마련주에게 다른 의미로 받아들여졌다.

'인외 말살과 종언을 막는 것이 연결되어 있다.'

무신이 정녕 종언을 막는 것을 목적으로 두고 있다면, 의 경우이겠지만.

이성민은 아랫입술을 잘근 씹었다.

그럴 만도 했다. 그는 인간이되 인간이 아니었고, 굳이 말하자면 인외에 훨씬 가까운 존재였다.

인외의 말살이 종언을 막는 것과 연결되어 있다면…… 이성민은 필연적으로 죽을 수밖에 없다는 것이다.

사마련주도 그를 이해하고 있었다. 다른 방법. 사마련주는 그것을 떠올렸으나, 그에 대해서 흑룡협에게 질문하는 것은 무의미했다.

대신에 사마련주는 다른 것을 물었다.

"영매는 뭔가?"

"그건…… 나도 모르오. 그녀는 워낙에 신비로운 존재이고, 나도 그녀를 직접 만나 본 적은 없소. 지령만을 들었을 뿐…… 영매가 어디에 있는지조차 알지 못하오."

"그렇다면 더 들을 것은 없군."

사마련주는 더 이상 질문하지 않았기에 흑룡협은 입을 다물었다.

그는 자신의 처지가 처량하다고 여겼으나, 그를 크게 내색하지는 않았다.

그가 겪어 본 사마련주의 무위는 가히 신화적이라 해도 부족함이 없었다.

흑룡협이 기억하는 무신은 강력하기는 하였으나, 그 강함은 폐관에 들어가지 않은 백 년 전이었다.

그때의 무신과 지금의 사마련주는 비교가 안 된다.

'아쉽기는 하지만…….'

살아만 있다면, 다른 차원으로 이주할 수 있는 방법은 얼마든지 있을 것이다.

흑룡협은 그렇게 생각하는 것으로 스스로를 위안했다. 미런에 대해서 그런 마무리를 하고 나자, 이성민 쪽으로 자꾸만 시선이 갔다.

흑룡협은 이성민이 입고 있는 마갑을 보며 어깨를 바르르 떨었다.

얼굴 한 번 본 적 없는, 언젠가 다시 만날 수 있을지도 모른다고 생각해 온 아버지의 비늘로 만든 갑옷.

마음속에서 끓어 오르는 복잡한 감정에는 증오도 섞여 있었다.

그 매서운 시선을 받으면서도, 이성민은 흑룡협이 했던 말에 대해 생각할 수밖에 없었다.

천외천이 위지호연에게 집착하는 이유.

왜 위지호연은 휴쟬 산맥에 올랐던 것일까. 아마, 아니, 틀림없이. 위지호연이 목표로 했던 곳은 야나가 구미호로서의 힘을 얻은 장소인 마령정이었을 것이다.

'그곳에 왜 간 것이지?'

위지호연과 헤어지기 전에. 그녀는 자신이 꾸었던 꿈에 대해 말했었다.

안개가 가득한 곳. 어디인지는 모르지만, 그럼에도 어디로 가야 하는지 알 수 있을 것이라던 모호한 말.

그래. 위지호연이 마령정으로 향한 것은, 누군가가 그녀가 그곳으로 가야 한다고 의도하였기 때문이다.

대체 누가?

"휴잴 산맥이 어디에 있지?"

"남쪽…… 어르무리에서도 일주일은 가야 있는 곳이라고 들었습니다."

이성민의 대답에 사마련주가 턱을 어루만졌다. 잠깐 거리를 헤아리던 사마련주가 머리를 끄덕거렸다.

"이곳에서 남쪽까지는 멀다. 지금 남쪽으로 내려가 보았자, 소천마가 그곳에 남아 있을 것 같지는 않지."

"무신이 휴잴 산맥에서 소천마를 만난 것은 벌써 몇 달 전이외다."

"그렇다면 더더욱 그곳에 남아 있을 리가 없겠군. 마령정…… 너는 마령정에 대해 무엇을 아느냐?"

사마련주의 질문은 흑룡협과 이성민, 둘 모두에게 향한 것이었다.

흑룡협은 휴잴 산맥에 무엇이 있는지 모르기에 대답할 수가 없었지만, 이성민은 아니었다.

"휴잴 산맥에는 마령정이 있습니다."

"마령정?"

"마령과 접신할 수 있는 곳…… 이라 하더군요."

이성민은 야나에게 들었던 이야기를 사마련주에게 들려주었다. 잠시 생각에 잠겨 있던 사마련주가 머리를 끄덕거렸다.

"어르무리의 구미호에 대해서는 본좌도 들어 보았다. 강력한 힘을 가진 요물이라고 하였는데…… 마령정의 마령은 그 정도의 힘을 인위적으로 줄 수 있을 정도의 권능을 가지고 있단 말인가?"

"그것은 저도 잘 모르겠습니다."

"네 말대로, 소천마가 휴젤 산맥에 간 것은 마령정의 마령을 만나기 위해서인 것 같군. 그 이유는 모르겠다만…… 어쩌면 무신이 그곳에서 죽었을지도 모르겠어."

"뭐요?"

사마련주의 말에 흑룡협이 놀란 소리를 냈다.

"무신이 죽었을지도 모른다고?"

"연락이 없다면 연락하지 못할 이유가 있어서 아니겠나. 죽었을 가능성도 충분히 있다고 본다."

"그런…… 무신의 무위는 하늘에 닿았소. 그런 그가 마령에게 죽었다니, 말이 안 되오."

"본좌는 신령이나 마령을 만나 본 적은 없다. 하지만 그들이, 이 세상에 존재하는 신들과는 다르게 진정한 의미에서 신과 닮은 존재들이라는 것은 알고 있지. 아무리 무력이 높다고 하여도 인간은 결국 인간일 뿐이다."

그것은 사마련주 본인에게 하는 말이기도 했다. 그는 이전에도 몇 번이나 말했었다.

자신이 아무리 강하다고 해도, 오슬라나 신 같은 존재를 어찌할 수는 없다고. 그것은 그들의 강함이 문제가 아니라, 그들의 존재 자체가 인간과는 격이 다른 것이기 때문이라 했었다.

"우선 북쪽으로 가야겠군."

"뱀파이어 퀸을 만나러 가시는 겁니까?"

"예정은 바꾸지 않는다. 남쪽이 수상쩍기는 하다만 그곳까지 가는 시간이 너무 오래 걸려. 게다가 그곳에 간다고 한들 마령정에 들어가 마령을 만날 수 있을 것 같지도 않고."

사마련주는 그렇게 중얼거리면서 흑룡협을 힐긋 보았다.

"본좌는 스스로 한 말을 어기지는 않는다. 너를 보호해 주겠다 하였었지. 무신이 살아 있을지는 의문이지만, 무신이 너를 죽이려 한다면 보호는 해주마."

"알았……."

"하지만."

흑룡협의 대답이 채 끝나기 전에, 사마련주가 그렇게 말했다.

"본좌가 너를 죽이지 않겠다고는 말하지 않았었지."

"미친…… 들을 것을 다 들어놓고 죽이겠다고?"

"성급하게 말하지 마라."

흑룡협이 발끈해서 몸을 일으키려 하자, 사마련주가 손을 들어 올리며 흑룡협의 행동을 제지했다.

사마련주는 딱히 내력을 끌어낸 것도 아니었으나, 흑룡협은 사마련주의 손이 움직인 것을 보고 지레 겁을 먹어 얌전히 자리에 앉았다.

"그럴 수도 있다, 라고 말하는 것이다."

"……제기랄. 알아듣기 쉽게 설명하시오. 나한테 대체 뭘 더 요구하는 것이오?"

"요구하는 것은 아니다. 네가 죽일만한 행동을 하지 않는다면, 본좌는 너를 죽이지 않는다."

"뭘 어떻게 하라는 것인지 모르겠군."

"우선 본좌의 제자에게 살의를 품지 마라."

그 말에 흑룡협의 어깨가 바르르 떨렸다. 그는 가슴 속에서 꿈틀거리는 감정을 깊이 억눌렀다.

하지만, 억울하다는 생각이 드는 것은 어쩔 수가 없었다. 결국 흑룡협은 완전히 참지 못하고 항변했다.

"당신은 모르겠지만, 나와 당신의 제자…… 귀창과는 악연이 있소. 놈은 드래곤인 내 아비의 심장을 먹었고, 내 아비의 비늘과 가죽으로 갑옷을 해 입었단 말이오."

"갑옷만 해 입은 줄 아느냐? 창도 만들었다."

"크르르……."

사마련주가 이죽거리며 답하자 흑룡협의 머리카락 끝이 위로 곤두섰다.

이성민은 괜한 말을 하는 사마련주를 흘겨보면서, 억울한 목소리로 항변했다.

"우선 오해나 좀 풉시다. 나는 당신의 아버지를 죽이지 않았
습니다."

"그럴 능력도 없지."

사마련주가 약 올리듯 덧붙였다. 이성민은 그 말을 무시했다.

"나는 우연한 기회로 드래곤 하트와 비늘 따위를 얻었고, 그
것을 필요에 맞게 가공해서 쓰고 있을 뿐입니다."

"그렇다고는 해도, 아들인 내가 언짢음을 느끼는 것은 어쩔
수 없는 사실 아닌가."

"그렇지. 어쩔 수 없는 일입니다. 하지만 나도 어쩔 수 없었
단 말입니다. 댁들 천외천은 나를 노리고 있고, 나는 능력이
부족해서 당신들을 죄다 죽여버릴 수가 없었으니, 가지고 있
던 드래곤의 소재를 사용했을 뿐입니다."

"먼저 천외천을 적으로 돌린 것은 너다."

"무신을 배신했으면서 천외천의 소속인 것처럼 말하는 이유
는 뭐요?"

이성민이 반박하자 흑룡협의 얼굴이 일그러졌다. 배신을 하
고 싶어서 한 것도 아닌데, 이런 취급을 받게 되니 속에서 열
불이 났다.

"여기서 북쪽까지 거리가 꽤 멀 텐데."

오가는 이야기를 듣고 있던 스칼렛이 입을 열었다. 그녀는

아공간 포켓에서 큼직한 마도서를 꺼내더니 무릎 위에 올려놓았다.

"그곳까지 가는 동안 계속 말싸움을 할 건가요?"

"그래. 사이좋게 지내는 것이 어떠냐? 어쨌든 간에 동행하게되었는데 말이다."

"크으……."

사마련주의 말에 흑룡협은 두 눈을 질끈 감았다. 그는 동요되는 감정을 진정시켰다.

그래. 생각해 보면 지금 와서 이렇게 분노할 이유도 없잖은가. 그에게 있어서 아버지라는 존재는 단 한 번도 아버지다운모습을 보여 준 적이 없는, 만나 본 적도 없는 존재였다.

이제 와서 아버지의 죽음에 분노할 이유가 없단 말이다.

"앞으로 사이좋게 지냅시다."

그렇게 생각하며 마음을 진정시킨 흑룡협이었지만, 이성민이 슬며시 걸어 온 말에는 분노를 느낄 수밖에 없었다. 물론,그의 분노는 사마련주의 눈치를 보느라 표출되지 않았다.

스칼렛은 큰 내색 없이 충돌하는 기류를 느끼며 쩝 하고 입맛을 다셨다. 그녀는 마도서를 내려보면서 투덜거렸다.

"괜히 따라왔어."

말은 이렇게 하기는 했지만, 사마련에 남는 것보다는 낫다생각하고는 있었다.

쿠르르룽!

산사태라도 난 것처럼 산이 뒤흔들렸다. 정확히 말하자면, 봉우리 하나가 통째로 무너지면서 난 소리였다.

주저앉은 봉우리는 커다란 바위산이 되었고, 번쩍하는 빛과 함께 바위산이 다시 폭발했다. 크고 묵직한 바위들은 가느다란 모래가 되어 사방으로 흩어졌다.

무신의 몰골은 처참했다. 머리는 산발이었고 입은 옷은 옷이 아니라 누더기가 되었다.

뺨은 움푹 들어갔고 눈 밑에는 음영이 짙었으며, 부릅뜬 눈은 핏발이 서서 붉었다.

그는 거친 숨을 몰아쉬며 성큼성큼 바위산의 잔해를 빠져나왔다. 그즈음에 바위산은 더 이상 바위산이 아닌 모래 무더기가 되어 있었다.

"크으으……"

무신은 지끈거리는 관자놀이를 꾹 억눌렀다. 시간이 얼마나 지났을까. 알 수가 없었다.

무신을 가두고 있던 결계는 진법도 마법도 아니었다. 초월적인 존재의 권능이 만들어 낸 진정한 의미에서의 결계였다.

흐르는 시간 축도 달랐거니와 그 안에서 일어나는 일들은 상식을 아득히 초월한 것들이었다. 무신은 순간 다리에 힘이 풀려 그 자리에 주저앉았다.

마령이 인정하였듯, 그는 인간 중에서 가장 뛰어난 경지에 도달한 인간 같지 않은 괴물이었다.

그런 무신이었으나 결계를 빠져나오는 것에는 많은 심력을 소모할 수밖에 없었다.

감각을 모조리 엉클어 끝없이 헤매이게 하는 결계는 그에게 있어서 큰 위협이 되지는 않았으나, 권능으로 만들어진 결계를 억지로 깨부수고 나오는 것은 결코 쉬운 일이 아니었다.

'이렇게 될 줄이야……!'

무신은 이를 갈면서 두통을 억눌렀다.

마령의 힘을 우습게 보았다. 아니, 정확히 말하자면 마령의 권능을.

마령이라는 존재를 멸하기에는 무신의 무력으로도 도모할 수 있었겠으나, 마령의 권능에 저항할 수단을 갖추지 못했다.

"오만했군."

무신은 스스로를 자책하며 즉시 운기조식에 들어갔다. 메말랐던 단전은 한 줌의 내공을 한 바퀴 돌리는 것만으로 충만하게 차올랐다.

무신은 심호흡을 한 뒤에 몸을 일으켰다.

'하지만 성과는 있었다.'

나름의 모험을 걸었다. 맨몸으로 마령을 만난 것.

이것만큼은 영매를 통해서도 알 수 없는 사실이었기에, 무신은 마령과 만난다는 위험한 상황에 스스로 몸을 던져야만 했다.

그 덕에 무신은 많은 것을 알게 되었다.

'마령은 나를 죽일 수가 없다.'

개미…… 라고 모욕 받았다. 권능으로 만들어진 결계에 갇혔었다. 하지만 죽지는 않았다.

그 결계는 무신을 가두기 위한 것이었지 죽이기 위한 것은 아니었다. 개미라고는 해도, 개미로서의 역할이 있다고 했다.

'마령은 소천마를 기다리고 있었다.'

운명이 움직였다. 이미 종언은 시작되었다. 마령과 소천마가 만났다.

소천마의, 마령의 목적은 알 수 없다. 하지만 종언이 시작된 이상…… 소천마의 행보를 주시해야만 한다.

종언을 막아야 한다는 것은 틀림없는 무신의 목적이었으니까.

'인간인 이상, 마령의 권능에 저항하는 것은 힘들다.'

가장 큰 성과는 그것이었다. 무공을 떠나서. 무신은 마령의 권능에 저항하지 못했다.

그 결계를 뚫고 나오는 것에 어마어마한 심력을 소모했다.
그래서, 시간이 얼마나 흘렀지? 무신은 하늘을 올려 보았다.
그가 보는 것은 밤하늘 가득 뜬 별이었다.

"수개월은 흘렀군."

고작해야 며칠 결계에 갇힌 것이라고 생각했는데. 이만한
시간이 흘렀을 줄이야. 무신은 낙담하며 '중개인'을 불러냈다.

무신을 전담하고 있는 에레브리사의 중개인이 모습을 드러
내자, 무신은 즉시 최근의 굵직한 모든 소문을 요구했다.

머지않아 중개인이 소문을 종합하여 무신의 머릿속에 넣어
주었다.

한때는 이 알 수 없는 중개 길드와 중개인을 경계하기도 하
였으나, 그러한 의심과 경계는 오래전에 떨쳐냈다.

드래곤이 이 세상에 남긴 거대한 마법 시스템. 그들은 종언
이 두려워 이 세상을 떠났지만, 그럼에도 종언에 대항하기 위
해 '변수'의 편의를 위해 에레브리사를 만들었다.

"……음."

그나마 다행이라고 할 것은, 무신이 몇 달 동안 마령의 결계
를 헤매는 동안 이 세상에 종언에 관련된 크나큰 사건은 일어
나지 않았다는 것이었다.

소천마 외에 무신이 경계하는 것은 북쪽 트라비아의 뱀파이
어 퀸이었다. 하지만 여전히 그녀는 북쪽에 있다.

'하지만…… 언제까지 그곳에 있을지.'

소천마의 행방은 잡히지 않는다. 그녀는 대체 어디에 있는 것일까.

무신은 초조함을 느꼈으나, 마령이 연관된 이상 에레브리사를 통해 소천마의 행방을 쫓을 수 없다는 것은 인지했다.

이리된 이상 영매를 믿을 수밖에 없다. 영매가 접신하는 것은 신령. 마령과는 정반대의 성질을 가진 존재다.

'……마황이 움직였다고?'

무림맹에 대한 이야기를 듣고, 무신의 얼굴이 일그러졌다. 크론이 쑥대밭이 되었고 무림맹이 박살 났다.

맹주 흑룡협은 사마련주에게 제압되어 납치되었다. 무신의 어깨가 부르르 떨렸다.

흑룡협을 맹주로 세운 것은 표면적인 일. 천외천은 이미 오래전에 무림맹의 중추를 잡고 있었다. 그리 한 것은, 언젠가 찾아올 종언에 대항하기 위한 확실한 거대 세력을 확보하기 위해서였다.

"양일천…… 이…… 개새끼……."

그것이 사마련주의 행보로 인해 꼬여버렸다. 사마련주가 크론에서 난동을 부린 탓에 무림맹의 위신은 땅으로 떨어졌다.

맹주가 패배하고 납치까지 당해버렸다.

무신은 어깨를 바르르 떨었다. 종언이라는 대재앙이 찾아오는데, 도와주지는 못할망정 똥을 처발라버리다니.

무신은 분노를 꾹 삼켰다. 틀림없이. 흑룡협은 사마련주에게 천외천의 모든 것에 대해 말했을 것이다.

'놈이 또 어떻게 나올지는 모르겠지만…… 도움은커녕 방해가 된다면 죽이는 수밖에.'

하지만 그 전에. 무신은 머나먼 북쪽을 보았다.

종언은 이미 시작되었다.

위험이 되는 뱀파이어 퀸을 어떻게든 해야 한다.

"이봐."

모닥불이 장작을 태우는 소리 너머로 흑룡협의 목소리가 들렸다. 가부좌를 틀고 명상하고 있던 이성민은 감고 있던 눈을 살짝 떴다. 불꽃의 너머에 흑룡협이 앉아 있었다.

"……내 이름을 아나?"

"흑룡협이라는 별호는 알고 있는데."

"이름은 레곤이다."

내심 뜬금없다는 생각을 했다. 흑룡협이 일행에 합류하고서 사흘이 지났다.

무림맹의 추격이 시작되었다는 이야기를 듣기는 했지만, 추격대는 추격대라고 생각할 수가 없을 정도로 느렸다.

그러는 사이에 사마련주의 마차는 북쪽을 목표로 하여 쉬지 않고 달려, 추격대와 어마어마한 거리를 벌렸다.

사흘이 지나는 동안 흑룡협은 그 누구와도 대화하지 않았다. 잠조차 자지 않고, 음식도 먹지 않았다.

스칼렛이 몇 번 말을 걸기는 했었지만, 대답은 하지도 않았다. 사마련주도 흑룡협에게 더 이상 뭔가에 대해 묻지는 않았다.

흑룡협에게 있어서 사흘은 침묵뿐이었다. 그런 그가 갑자기 입을 열어 말을 걸었고, 뜬금없이 자신의 이름을 말한 것이다.

그러한 행동에 마도서를 집필하고 있던 스칼렛이 머리를 들었고 불을 돌보고 있던 예화가 시선을 옮겼다. 다시 가면을 쓴 사마련주는 별 관심이 없다는 태도였다.

"이름을 지어준 것은 어머니였다. 성의 없는 이름이라 생각하지 않나? 드래곤의 래곤을 철자만 바꾸었지. 어쩔 수 없는 일이다. 내 어머니는 문맹이었으니까."

그에 대해 말하는 흑룡협의 목소리는 무덤덤했다.

"어머니는 나무꾼의 딸이었다. 산 숲 깊은 곳에서 살았지. 아버지…… 드래곤과의 만남은 우연이었고, 옛날이야기에서나 나올 법한 로맨스는 없었다. 우연히 눈에 들어왔고, 어머니의 외모가 드래곤의 취향이라…… 그게 끝이었지. 내가 태어난 것은 모든 것이 우연이었다."

이성민은 가부좌를 풀고 흑룡협을 마주 보았다. 왜 그가 갑자기 이런 이야기를 시작하는 것인지는 알 수가 없었으나, 흑룡협이 거짓을 말하는 것이라고는 생각할 수가 없었다.

"어머니는 아버지인 드래곤에 대해 말할 때 꿈을 꾸는 소녀의 표정을 지으셨었지. 이해하지 못할 일은 아니었다. 문맹인 나무꾼의 딸이 드래곤과 만나, 드래곤의 자식을 낳은 것이다. 게다가 폴리모프를 한 드래곤은 어머니가 보았던 그 어떤 남자보다 우월한 외모를 가지고 있었다고 하니, 나무꾼의 딸은 그 하룻밤 불장난이 꿈처럼 느껴졌겠지."

"……그래서?"

"나는 그렇게 태어났다. 어릴 때의 나는, 드래곤인 아버지에 대해 반발심만 가득했지. 내 어머니는 낳지 말아야 할 존재를 출산한 후유증으로 죽어가기 시작했고, 나무꾼인 조부는 나를 원망했다. 마을 사람들은 나의 존재를 축복이라기보다는 저주처럼 여겼지. 나에게 있어서 아버지는, 드래곤은, 그 모든 것을 안겨 준 대상이었다."

우울한 과거사였다. 갑자기 이런 말을 듣게 될 줄은 몰랐기에, 이성민은 어떤 표정을 지어야 하는 것인지 고민할 수밖에 없었다.

스칼렛은 얌전히 마도서를 덮었다. 예화는 난감함을 삼키며 모닥불에 장작을 더했다.

"드래곤은 마법의 조종이라고 불린다. 드래곤만이 사용할 수 있는 용언을 나는 사용할 수가 없었다. 혼혈이라고 해서 우

월한 것은 아니다. 나는 마법을 쓸 수가 없는 몸이었지. 용언
도 사용할 수가 없고, 마나를 다루는 것은 가능하지만, 마법
을 쓰는 것은 불가능했다. 인간의 피와 드래곤의 피가 안 좋게
섞인 탓이었지."

"그래서 무공을 익혔나?"

"반발심도 있었다. 드래곤을 원망하였으니, 마법을 사용하
고 싶지 않았어. 다행히…… 무공은 나에게 무척이나 잘 맞았
다. 내 몸뚱이는 드래곤만큼은 아니어도 강인했고, 마나를 다
루는 드래곤의 우월함도 어느 정도 남아 있었지."

"너는 드래곤을 그리 좋아하지 않은 것 같은데. 왜 드래곤
이 있는 차원으로 이주하려 했나?"

"고독했기 때문이다."

흑룡협이 대답했다.

"반인반룡인 나는 그 어디에도 속하지 않는다. 그래서 드래
곤을 만나고 싶었지. 그들이 나를 받아들일지는 모르는 일이
었으나, 드래곤을…… 만나보고 싶었다. 내 아버지도."

흑룡협이 큭큭거리며 웃었다.

"사흘 동안 많은 생각을 했다. 나는 내 아버지를 그리 좋아
하지는 않아. 어린 시절에는 증오했었지. 하지만 수백 년이 흐
르면서, 만나고 싶다고 생각을 해 왔다. 죽었다는 것을 알
고…… 분노했지. 네가 입은 마갑이 내 아버지의 시체를 소재

로 해서 만든 것임을 알았을 때는 너를 증오했다."

"그렇겠지."

"그만두려 한다."

흑룡협이 머리를 가로저었다.

"말했던 것처럼, 좋아하지 않은 아버지였다. 본 적도 없는 아버지였고. 네가 내 아버지를 죽이지 않았다는 것도 안다. 그러니…… 너를 증오하지 않을 셈이다. 네게 내 과거를 말하고, 이름을 알려 준 것은 내 나름대로 감정을 정리하기 위함이었다. 네가 친하게 지내자고 했으니까."

별 생각 없이 한 말이었는데.

"무림맹주로서 내가 한 행동이 너를 곤란하게 했었지. 그에 대해서는…… 사과해야 하나? 이것은 잘 모르겠군. 내 행동의 대부분은 천외천의 지령에 따른 것이었으니까."

"……아니. 사과할 필요는 없다."

이성민은 잠깐 머뭇거리다가 머리를 가로저었다. 이런 식으로 흑룡협이 모든 것을 떨쳐낼 것이라고는 상상도 하지 못했기 때문이었다.

물론 지금 보이는 흑룡협의 태도가 진실이라고는 확신할 수 없었으나, 흑룡협의 진술한 이야기는 이성민이 혼란을 느끼게 하기에 충분했다.

[속이 좁지는 않은 모양이구나. 아니면 상황 때문인가?]

사마련주라는 존재가 흑룡협을 억제하고 있다. 동행하기는 했지만, 흑룡협은 어쩔 수 없이 사마련주의 눈치를 보고 있을 수밖에 없었다.

그의 저런 태도와 이야기도 사마련주를 의식하고, 그의 경계를 풀기 위한 것일지도 모른다.

"언제까지 동행하게 될지는 모르겠지만, 잘 부탁한다."

흑룡협이 먼저 그렇게 말했다. 넌지시 뻗어오는 손을 보던 이성민은 마주 손을 들어서 뻗어주었다.

손을 맞잡고서, 흑룡협은 빙그레 웃었다. 이성민은 그 웃음이 수상쩍게 느껴졌지만, 그렇다고 흑룡협을 추궁할 입장이 아니었기 때문에 잠자코 있었다.

북쪽으로 향하는 여정은 길었다. 무림맹의 추격은 보여주기 식이라는 것을 이성민 일행은 너무나도 잘 알고 있었다.

그들로서는 흑룡협의 생사를 확인하지 못했겠지만, 무림맹을 쑥대밭으로 만들어 놓은 사마련주와 그 일행을 내버려 둘 수가 없었다.

그렇게 추격대가 조직되었다. 떨어진 무림맹의 위신을 회복하기 위해. 그래, 대의적으로는 그렇다.

하지만 무림맹은 너무나도 잘 알고 있었다. 무림맹의 전력만으로는 사마련주를 어찌할 수가 없다는 것을.

그렇기에 추격대의 추격은 늦었다. 타구봉진이 깨졌다는 것과 흑룡협이 제압되어 납치되었다는 것은 정파 무림의 자존심은 물론이고, 그들의 상식을 완전히 박살 내는 행위였다.

한 명의 고수가…… 백 명이서 펼치는 진법을 박살 냈다는 것은 그런 의미를 갖고 있었다.

"어쩌면 검선이 움직일지도 모르오."

아직 북쪽 트라비아와의 거리는 멀었다. 여정 동안 흑룡협은, 마음을 정리했다는 것을 증명이라도 하듯이 활발한 태도를 보였다. 그는 묻지도 않았는데, 자발적으로 자신의 의견을 말했다.

"나는 맹주로 있기는 했지만, 나 스스로 무림맹을 위해서 무언가를 하려 한 적은 없소. 대부분이 천외천의 지령이었지."

"허수아비였다는 이야기로군."

"그렇소. 사실 맹을 이끌어 간다는 것이 나에게 잘 맞지도 않았어. 의욕도 없었고. 그들에게 있어서 나는 인간도 아닌 드래곤의 혼혈이었고, 나 외의 맹주 후보들과는 다르게 세간의 평가도 높지는 않았소. 무공 실력만 좋았지."

이성민은 소림에서의 일을 떠올렸다. 당시 불영대사는 무림맹주의 자리를 추천받았었다.

물론 불영대사는 그를 거절했었다. 불영대사의 무공 수준을 가늠해 본다면…… 흑룡협과 비교는 안 된다.

다만, 소림의 최고 어른이라는 것과 명망 높은 고승이라는 것은 무공의 고하를 제쳐 두고서 맹주의 자리에 걸맞기는 했다.

"검선의 존재는 맹주인 나에게도, 천외천에게도 껄끄러웠소. 무신도 검선을 자극하지 말라고 했을 정도이니."

"그런데 검선이 움직일지도 모른다?"

"검선은…… 무림맹을 떠나서, 정파 무인이니까. 사마련주, 당신의 행동은 너무 과했던 거요. 당신의 행동으로 인해 무림맹이 아닌 정파 무림의 자존심은 완전히 찢기고 짓밟혔소."

"검선이 그를 회복하게 하기 위해 나설지도 모른다는 말인가?"

이성민은 검선의 이기어검을 떠올렸다. 아득한 거리 너머에서도 매섭게 쏟아지던 검선의 검은, 지금의 이성민으로서는 감당하는 것이 불가능한 신위였다. 이성민의 질문에 흑룡협이 머리를 끄덕거렸다.

"그럴 가능성이 높지. 은거하였다고는 해도 그는 틀림없이 무당에 있으니까."

"상관없다."

사마련주는 편안해 보였다. 긴 여정이었으나, 그는 동네 마실이라도 나온 것처럼 여유로운 모습으로 창밖을 보고 있었다.

"무림맹을 치고, 너를 두들겨 패기로 마음먹었을 때. 검선과 마찰을 빚을 수도 있다는 것은 이미 예상했다. 검선이 두려웠다면 그런 일을 벌이지도 않았을 것이다."

"자신 있다는 것이오?"

"해봐야 아는 것이기는 하겠지만. 지금의 본좌는 두려움보다는 흥미가 앞선다."

"당신은 죽음이 두렵지 않은 것이오?"

흑룡협이 어이가 없다는 얼굴을 하고서 물었다. 그 질문은 사마련주에게 있어서는 우문이었다. 그는 껄껄거리며 웃었다.

"빠르고 늦음의 차이가 아닌가? 기다리다 무력하게 죽는 것보다는, 본좌가 선택하여 즐기다가 죽는 것이 훨씬 즐겁지."

흑룡협은 사마련주의 말을 이해할 수가 없었다. 사마련주 본인도 흑룡협의 이해를 바라지는 않았다.

황당한 얼굴로 자신을 보는 흑룡협을 보던 사마련주는 창밖으로 시선을 돌렸다.

해가 저물어가고 있었다. 해가 저물면 마차를 멈추는 것이 이 긴 여정에서 정해진 하나의 규칙이었다.

그리 서두를 필요 없이, 긴 여정을 여행처럼 즐기자는 사마련주의 명령 때문이었다.

"제자야."

"예, 스승님."

"몸 상태는 어떠냐."

그렇게 묻는 사마련주의 목소리는 몹시 상냥했다. 가면 너머에서 사마련주가 상냥한 미소를 짓는 것이 보였다.

이성민은 등골이 싸늘하게 식는 것을 느꼈다.

이성민의 몸 상태는 나쁘지 않았다. 창왕과의 싸움 이후로 사마련주는 매일같이 이성민의 혈도를 돌봐주었고, 덕분에 기혈에 쌓인 요력은 완전히 사라졌다.

하지만 그 싸움 이후로 내력을 끌어 올린 적은 없었다. 사마련주의 말을 따라, 쭉 가면을 쓰고 있었기 때문이었다.

"……나쁘지 않습니다."

"나쁘지 않기는. 엄청나게 좋겠지."

사마련주가 이죽거렸다. 갑작스레 마차가 멈췄다.

사마련주가 마부석의 예화에게 전음을 보낸 것이다. 사마련주는 손가락을 들어 올려 이성민과 흑룡협을 가리켰다.

"슬슬 야영을 할 때로군. 오랜만에 네 무공이나 봐 주도록 하마."

"……예?"

그 말에 이성민의 두 눈이 크게 떠졌다.

"한참 동안 제대로 움직이지 않았지만, 몸이 굳지는 않았을 것이다."

"괜찮은 겁니까?"

요력의 폭주는 이미 지난 날이었지만, 그를 경계하며 가면을 벗지 말고 무공을 사용하지 말라 일렀던 것은 사마련주였다.

비록 그 이후로 몇 달이 지나기는 했지만, 이성민은 아직까지 자신의 몸을 완전히 신뢰할 수가 없었다.

"언제까지고 내버려 둘 수도 없는 노릇 아니냐?"

"하지만……"

"두려워할 필요는 없다. 그리고. 언제까지고 본좌가 너를 대신해 줄 수 있는 것도 아니잖느냐."

대신해 줄 수 없다.

그 말에 이성민의 말문이 막혔다.

[준비가 필요한 것이다.]

이성민의 머릿속에서 허주의 목소리가 울렸다.

[사마련주와 여행하면서, 너는 너 스스로 하지 못하는 일들을 사마련주를 대신하여 할 수 있게 되었다. 하지만 언제까지고 사마련주의 도움을 바랄 수는 없는 것 아니냐.]

'나도 알아.'

그에 대해서는 이성민도 자각하고 있었다. 그는 사마련주에게 기댈 생각은 없었다.

그 스스로가 문제를 해결할 만한 힘을 갖지 못한다면, 결정적인 순간에 무력한 꼴이 되어 아무 일도 하지 못할 것이다.

[사마련주도 그를 알고 있겠지. 언제까지고 자신이 너를 도와줄 수는 없다는 것을 말이야.]

'단순히 심술을 부리는 것은 아닐까.'

[그건 아니라고 본다. 네가 저 인간을 어떻게 생각하는 것인

지는 모르겠지만, 사마련주는 네 스승으로서, 스승다운 일들을 해오고 있다. 지금도 마찬가지야.]

그 말에 이성민은 쓰게 웃었다. 이성민도 알고 있었다. 사마련주가 알게 모르게 제자인 자신을 챙겨주고 있다는 것을.

[아마 확실하게 느낄 수 있을 거다.]

허주가 장담하는 말에 조금 의아함을 느끼기는 했지만. 이성민은 그에 대해 되묻지는 않고, 손을 들어 얼굴에 쓴 가면을 잡았다.

……파지직.

가면을 벗은 순간.

이성민의 기혈에 전류가 흘렀다.

기혈에서 시작된 전류는 단전으로 흘러 들어가 그곳을 충만히 채웠다.

몸 안 깊은 곳에서 들리는 우릉거리는 소리에 이성민은 흠칫 놀랐다.

단전에서 다시 일어난 내력이 전신 기혈로 퍼져 나간다.

심장이 찌릿거리며 잠깐 아렸고, 말초신경까지 곤두서는 감각에 이성민은 자신도 모르게 몸을 일으켰다.

'이게 뭐야?'

이성민의 금빛 눈동자 깊은 곳에서 자색 빛이 일렁거린다. 놀란 이성민을 향해 사마련주가 말했다.

"본좌의 내력으로 네 혈도를 돌보면서, 미세하게 막힌 곳을 뚫으면서 내력이 가장 빠르게 흐를 수 있는 통로를 다져 두었다."

"말이라도 미리 해주시지……!"

"미리 말하면 네가 놀라는 모습을 보지 못할 것 아니냐."

사마련주에게 말을 듣기는 했지만, 이성민은 자신의 몸에 일어난 변화를 완전히 이해할 수는 없었다.

막힌 곳을 뚫고 내력이 가장 빠르게 흐를 수 있는 통로를 다져 두었다. 그것만으로 흑뢰번천이 이렇게나 진전을 보였단 말인가?

"네가 익힌 흑뢰번천은 자하신공의 구결과 합일시킨 것이다. 잘 맞물리게 만들어서 네게 익히게끔 하였지만, 아무래도 완전한 본좌의 흑뢰번천과는 차이가 크다."

사마련주는 이성민이 놀라 하는 것을 즐기고 있었다. 무능한 제자가 저렇게 놀란 모습을 보여주는 것이 그에게 있어서는 소소한 즐거움이었다.

"본좌가 왜 이렇게 강한 것인지 아느냐?"

"스승님이 위대하기 때문이겠지요."

"잘 아는군."

이성민의 대답에 사마련주가 흐뭇한 웃음을 던졌다. 그는 손을 들어 이성민과 흑룡협을 차례로 가리켰다.

"너희들도 초월지경이고, 본좌도 초월지경이다. 그런데 왜 이렇게 격차가 큰 것일까?"

"……무슨 말을 하고 싶은 것이오?"

흑룡협은 그렇게 되묻기는 했지만, 사마련주의 대답이 궁금하여 알게 모르게 귀를 활짝 열었다.

"환골탈태."

"미친."

사마련주의 대답에 흑룡협이 헛웃음을 흘렸다. 그는 머리를 좌우로 저으면서 말했다.

"초절정의 수준만 되어도 개나 소나 다 하는 것이 환골탈태 아니오? 설마 우리가 환골탈태를 겪어보지 않았으리라 여기는 것이오?"

"개나 소나 다 하는 환골탈태를 진정한 환골탈태라고 생각하는 것은 아니겠지?"

흑룡협이 대꾸하는 말에 사마련주가 이죽거렸다.

이성민도 말은 하지 않았지만 내심 흑룡협의 말에 공감하고 있었다.

그 역시 초절정의 경지에 오르는 과정에서 환골탈태를 겪었다. 그를 겪으면서 당시에 심하게 엉켜 있던 심, 기, 체에 어느 정도 균형을 잡는 것에 성공했었다.

"초월지경에 올라, 무공과 육체에 더 이상의 발전의 여지가 없게 되면 다시 한번 환골탈태를 겪는다. 그 과정에서 발전할 여지가 없던 몸뚱이와 무공은 더욱 앞선 곳으로, 초월적인 곳으로 나아가게 되지. 사실상 그 시점에서 몸뚱이는 인간을 아득하게 초월한다. 사고와 행동은 일체가 되고 오성은 활짝 열려 대부분의 무공서는 한 번 읽는 것으로 완벽하게 이해하게 되지. 내공은 마르는 일이 없고 단전은 무의미하게 된다."

"단전이 무의미하게 된다는 것이 무슨 뜻이오?"

흑룡협이 눈을 빛내며 물었다.

무신이 저런 말을 해준 적은 없다. 그 역시 무공을 익힌 무인이었고, 최근에는 사마련주에게 일방적인 패배를 당한 탓에 더 높은 경지를 갈구하고 있었다.

"몸 전체가 단전이 된다는 뜻이다. 무슨 뜻인지 알겠나? 단전에서 내공을 끌어낼 필요가 없어진다는 말이지."

"그런……"

이성민의 입이 반쯤 벌어졌다. 사마련주의 말이 사실이라면, 그가 흑룡협을 어린아이처럼 다루는 것은 물론이고, 이성민이 볼기짝을 얻어맞을 때마다 사마련주의 움직임을 포착하지 못하는 것이 당연했다.

단전에서 내력을 끌어내는 것. 아무리 빠르다고 해도 하나의 과정이다.

그런데 몸 전체가 단전이 된다는 것은, 단전에서 내력을 끌어올리는 과정을 완전히 생략할 수 있다는 뜻이다.

속도에서는 큰 차이가 없을지도 몰라도, 찰나의 순간에 상대의 목숨을 거둘 수 있는 초월지경의 수준에서는 그 정도 속도만으로도 결코 좁힐 수 없는 차이를 만들어낸다.

"네 수준에서 환골탈태를 완성하는 것은 힘들겠지만, 본좌는 네 기혈을 돌보면서 본좌의 내력을 통해, 네게 있어서 가장 효율적인 형태의 길을 잡아준 것이다. 맛보기도 안 되겠지만 한 번 써보면 재미있을 것이다."

재미있을 것이다.

그 말대로였다.

사마련주의 앞에서 구천무극창을 펼쳤을 때. 단전에서 번개가 쏘아졌다. 순식간에 전신으로 뻗어 나간 자하신공의 내공은 흑뢰번천의 구결과 만나 구처무극창을 완성시켰다.

쏘아진 창의 위력은 이성민을 놀라게 했고, 흥미 깊은 눈으로 구경하던 흑룡협도 놀라게 했다.

뒷짐을 지고 서서 그를 보고 있던 사마련주가 머리를 끄덕거렸다.

"어떠냐?"

"몇 달 동안 기혈을 돌보았다고 이 정도의 변화가 일어나는 겁니까?"

"아둔한 소리를 하지 마라. 네 기혈을 돌본 것은 사파 무림의 정점이고, 어쩌면 천하제일이고, 어쩌면 고금제일인일지도 모르는 마황 양일천이다. 이런 본좌가 네 기혈을 돌봐 준 것이니 그 정도의 변화가 일어난 것이지."

으스대듯 하는 말이었다. 평소였으면 불퉁하게 받아쳤겠지만, 지금은 그럴 수가 없었다. 이성민은 잠시 창을 내려놓고서 깊이 머리를 숙였다.

"감사합니다."

"그렇다면 술이나 내놓아라."

이성민은 망설임 없이 허주의 호리병을 꺼내 사마련주에게 건네주었다. 사마련주는 만족스러운 얼굴로 호리병을 받고서는 마개를 열어 향기로운 주향을 음미했다.

"더 볼 것도 없겠군."

그는 그렇게 말하며 몸을 돌려 마차로 들어가 버렸다.

마차 안에는 스칼렛이 남아 있었다. 창밖을 보고 있던 그녀는 들어오는 사마련주를 보면서 코에 걸치고 있던 안경을 벗었다.

"잘 챙겨주시네요."

"유일한 제자니까."

사마련주는 그렇게 말하면서 자리에 털썩 앉았다. 잔조차 쓰지 않고 호리병의 술을 들이켠다.

감미로운 주향은 스칼렛을 유혹하였으나, 지금의 그녀는 술보다는 필생의 역작인 마도서의 집필이 더욱 중요하다 여기고 있었다.

[부탁 하나 하지.]

머릿속에 들려온 사마련주의 말에 스칼렛은 머리를 들었다.

트라비아의 치안은 혈천마의 죽음 이후로 붕괴되었다. 누군가는 그렇게 떠들곤 하지만, 이 도시에서 살아가는 이들은 그것이 어처구니없는 헛소리라는 것을 잘 알고 있었다.

혈천마 백무선의 존재 여부와는 상관없이, 이 도시는 오래전부터 인간이 아닌 괴물의 것이었다.

그녀가 살고 있는 중앙지구의 대저택은 북풍한설에도 저물고 꺾이지 않는 아름다운 붉은 장미의 정원을 가지고 있었고, 그녀가 사는 저택은 태양빛이 천적이라는 흡혈귀의 것이라 생각할 수 없을 정도로 커다란 창문들이 가득했다.

뒤섞인 장미의 내음 속에서 제니엘라는 붉은 음료를 즐기고 있었다.

맞은편에는 피투성이의 아이네가 숨을 헐떡거리고 있었으나, 아이네의 고통스러운 신음은 제니엘라에게 있어서는 기분좋은 음악 소리와 크게 다를 것이 없었다.

아이네는 비틀거리며 몸을 일으켰다. 그 순간에 그녀의 몸은 이미 재생을 끝냈다.

'재생력 하나는 나와 비교해도 손색이 없을 정도야.'

제니엘라는 그런 생각을 하면서 잔을 입술로 가져갔다. 붉은 음료가 그녀의 입술에 닿았을 때, 아이네는 도약했다.

순식간에 파고들어 오는 속도는 경이적일 정도였으나, 제니엘라는 그런 아이네의 움직임을 쫓지 않았다.

그럴 필요가 없었기 때문이다.

"너-무 느려."

잔을 내려놓았다. 음료의 색으로 붉게 물든 입술을 혀끝으로 핥는다.

그녀는 심드렁한 눈으로 앞을 보았다. 땅에서 숏구친 붉은 송곳이 안개가 되어 사라진다.

그것에 사정없이 꿰뚫린 아이네의 몸뚱이는 본래의 형태를 유지하지 못한 고깃덩이가 되어 있었다.

후두둑!

내장과 피가 떨어지는 소리에 맞추어 제니엘라는 손끝으로 탁자를 두드렸다. 바닥에 널브러진 아이네의 몸이 움찔거린다.

"몸뚱이는 더할 나위 없고, 재생력도 훌륭해. 힘도 충분히 있는 듯하고…… 그런데 만족스럽지가 않네. 더 빨라질 수 있지 않아?"

"하아…… 흐윽……!"

아이네는 이를 악물면서 몸을 일으켰다. 그런 아이네의 모습을 보며 제니엘라가 머리를 가로저었다.

"아니면 내가 너에게 너무 과한 기대를 하고 있는 것일까. 내가 생각하던 존재가 네가 아닌 것일까? 이상한 일이네. 나는 틀림없이 너라고 생각했거든."

"후우……!"

아이네가 숨을 몰아쉬며 일어섰다. 상처 하나 없는 아이네의 모습을 보며 제니엘라가 웃음을 흘렸다.

저런 모습을 보면 맞는 것 같은데 말이야. 입술을 달싹거리며 중얼거린다.

제니엘라는 학살포식이 출현하는 미래를 보았다. 그것이 대체 누구인지는 알 수 없었으나, 제니엘라가 파악한 존재 중에서 학살포식에 가장 가까운 것은 아이네였다.

"뭐가 부족한 것일까."

제니엘라는 아이네를 물끄러미 보았다. 포식이 부족한가? 아니, 그것은 아니다. 학살포식은 모든 것을 죽이고 잡아먹는 괴물 중의 괴물.

그래서 제니엘라는 자신이 본 미래의 괴물에게 학살포식이라는 이름을 붙였다. 하지만…… 그렇다고 해서 학살포식이 완성되는 조건이 무조건적인 포식인 것은 아니다.

모두를 죽이고, 모두를 잡아먹기 이전에도. 학살포식은 그럴 만한 힘을 갖춘 괴물이어야만 한다.

"뭐가 부족한 걸까. 응?"

제니엘라의 눈이 빛난다. 아이네는 붉은색으로 물드는 제니엘라의 눈을 보면서 바르르 몸을 떨었다.

직시의 마안이 아이네의 존재를 꿰뚫는다.

제니엘라는 넘쳐 흐르는 포악한 요력을 보았다. 아이네가 포식한 수많은 존재의 혼과 힘을 보았다. 부족함은 없는데. 제니엘라는 그렇게 중얼거리며 몸을 일으켰다.

"계기가 필요한 걸까?"

제니엘라가 웃으며 묻는다.

보이고 싶지 않은 것을 비춰지게 되는 것은 유쾌한 기분이 아니다.

아이네는 빠드득 이를 갈며 제니엘라를 노려보았다. 제니엘라는 아이네의 살벌한 시선에 키득거리며 웃었다.

"……아."

제니엘라의 웃음이 멈춘다.

왔다.

그녀는 양손을 들어 자신의 두 눈을 덮었다. 엄지는 길게 뻗어 귀를 틀어막았다. 눈은 보는 것. 들리지는 않는다. 잡음을 완전히 지워내고, 손으로 가린 덕에 새카맣게 물든 시야 속에서 그녀는 한 번 더 눈을 감았다.

미래를 보는 이 마안은 제니엘라가 완전히 통제할 수 없다.

최초에 보는 하나의 미래를 의도하여 보는 것에 성공한다면, 그 이후로는 드문드문, 그 미래에 도달하기 위한 '장면'들이 그녀의 눈앞에 펼쳐진다.

검게 물든 시야가 일렁거린다. 바라는 미래에 도달하기 위한 장면이 눈 앞에 펼쳐진다.

제니엘라는 빙그레 웃었다.

"……그래."

미래의 영상이 끝났다. 제니엘라는 만족스러운 웃음을 흘리며 몸을 일으켰다.

"외출할 건데. 너도 갈래?"

제니엘라는 아직도 이쪽을 노려보고 있는 아이네를 돌아보며 물었다.

그 질문에 아이네의 표정이 멈칫 굳는다. 그녀는 자신도 모르게 저택 쪽을 보았다. 저택의 지하에는 프레스칸이 있다.

저택 안에서의 행동에 대해 구속하지는 않았지만, 결국 저택을 나오지 못하는 이상 감금된 것과 다름없다.

"걱정하지 마. 네가 없는 사이에 그 리치가 내게 사육되는 뱀파이어들에게 잡아 먹히는 것은 아니니까. 애초에 리치는 빨아 마실 피도 없는걸."

제니엘라는 쿡쿡 웃으며 그렇게 말했다.

"괜찮아, 괜찮아. 그냥 가볍게 외출하려는 것뿐이니까. 정 싫다면 오지 않아도 되지만 말이야."

"······가고 싶지 않아."

"그래? 그렇다면 어쩔 수 없지."

아이네의 거절에 제니엘라는 미련 없이 머리를 끄덕거렸다. 제니엘라가 천천히 몸을 돌린다.

푸푸푸푹!

몸을 돌린 제니엘라가 한 걸음 걸은 순간. 땅에서 솟구친 붉은 송곳이 아이네의 몸을 꿰뚫었다.

"아······ 윽······!"

"얌전히 있어."

그녀가 본 미래의 영상에서, 아이네를 데리고 가는 것은 중요한 일이 아니었다. 만약 중요한 일이었다면, 아이네가 거절했다고 하여도 억지로라도 끌고 갔을 것이다.

그래도, 기껏 같이 가자고 권유해 주었는데. 순수한 호의로. 그것을 면전에서 거절당하니 기분이 나빠져서, 이런 심술을 부렸을 뿐이다.

제니엘라는 송곳의 숲에서 벗어나기 위해 몸을 비트는 아이네를 내버려 두고서 정원을 빠져나왔다.

아무리 용을 써 봤자 아이네의 수준으로는 저것에서 탈출하는 것이 불가능하다. 제니엘라는 들려오는 비명과 신음 소리에 만족스러운 웃음을 지었다.

"퀸, 외출하십니까?"

"응."

저택의 대문으로 향하는 중, 주변에서 조심스러운 질문이 들려왔다.

제니엘라는 권속의 질문에 머리를 끄덕거렸다.

"잠시 트라비아를 나갈 거야."

"혼자서 가십니까?"

"그건 고민 중인데…… 어떻게 할까? 중요한 손님을 맞이하러 가는 길이거든."

저택의 문 앞에 서서, 제니엘라는 피식 웃었다.

"아무래도 화려한 편이 좋겠지?"

손님들에게 걸맞을 정도로.

4장
북쪽에서

　트라비아와의 거리가 멀지 않은 시점에서 마차는 더 이상 나아가지 못하고 있었다.

　마차의 전진을 멈춘 사마련주는 밖으로 나와 눈바람이 몰아치는 평원을 보았다.

　예화는 긴장한 얼굴로 사마련주를 힐긋거리며 보았고, 마차 안의 스칼렛은 기다란 한숨을 쉬었다.

　"왜 굳이 일을 귀찮게 하는 거야?"

　나오지 마라, 라는 말을 들었다.

　이성민은 가면을 벗고서 창을 잡고 있었다.

　몇 년 전에, 처음으로 북쪽에 왔을 적. 루비아와 함께 왔을 때에. 이성민은 이 평원에 온 적이 있었다.

　광천마와 만나기도 전, 트라비아에 들어서기 전에.

트라비아와 연결된 길목에 넓게 펼쳐진 이 평원에서. 이성민은 처음으로 라이칸슬로프의 왕인 주원과 만났었다.

그래. 이곳은 한때 광랑이라고 불렸던 라이칸슬로프, 주원의 영역인 것이다.

그것은 흑룡협도 알고 있었다. 그도 그럴 것이, 이 평원에 들어오기 전에 이성민은 모두에게 일러 주었다.

이곳은 프레데터의 검은 별 중 하나인 주원의 영역이라고. 이성민은 조금 시간이 더 걸릴지도 모르는 일이어도, 이곳을 피해서 가는 것이 어떻겠냐고 의견을 냈었으나…….

묵살되었다.

군이 그럴 필요가 없다는 사마련주의 말에 마차는 평원을 관통했다.

그리고 지금, 이렇게 멈춰서 있다.

-나오지 마라.

이성민은 사마련주가 한 말을 떠올렸다. 그 말은 절대적인 자신감이나 오만함이 아닌, 순수한 흥미가 대부분이었다.

크론으로 쳐들어가 개방의 타구봉진에 정면으로 도전하고, 무림맹을 쑥대밭으로 만들고.

생각해 보면 그런 사마련주의 행동은 대부분이 그의 '흥미'

때문이었다.

물론 흥미가 전부는 아니었을 것이다. 그가 말했던 것처럼, 제자인 이성민에게 스승으로서의 외경심을 전해주고, 흑뢰번천의 정수를 알려주기 위함도 분명히 있기는 했을 것이다.

하지만, 아벨에게 종언에 대한 이야기를 들었을 적에 사마련주가 했던 말을 떠올려 보면. 그는 스스로 흥미를 느끼는 일에 몰두하는 경향이 강했다.

그것이 사마련주가 데니르의 천 년을 버텨오며 갖게 된 정신적인 고질병이었다.

자신이 흥미가 따르지 않는 일이라면 이성민의 충동질을 요구하고 그를 계기로 삼을 뿐. 결정적인 일에는 철저하게 자기 자신의 흥미를 우선으로 둔다.

이번 여정도 생각해 보면 그랬다. 사마련주는 단지, '그러고 싶었던' 것이다.

흑룡협을 만나 천외천의 목적에 대해 묻는다. 제니엘라를 만나 그녀가 본 미래에 대해 묻는다.

'종언'에 대한 의구심은 사마련주에게 있어서 큰 비중을 갖지 않는다.

아벨에게 답했던 말은 거짓이 아니었다. 어차피 죽는 것. 막을 수 없는 끝. 그렇다면, 어쩔 수 없다는 것. 불쾌하기는 해도 납득할 수는 있다는 것.

그래, 사마련주는 그렇게 말했었다. 그 말은 틀림없는 진실이다.

동시에 그가 오슬라를 중요하게 여기고, 제자인 이성민도 어느 정도는 중요하게 여긴다는 것 역시 사실이다. 이성민의 의견을 따라 준 것은 그래서였다. 이성민을 위해, 이성민이 종언을 막고 싶다고 말했으니까. 그래서……

그것이 전부가 아닐 뿐이다. 개방의 타구봉진을 겪어 보고 싶다. 무림맹을 쑥대밭으로 만들어보고 싶다. 프레데터의 정점이라는 뱀파이어 퀸과 만나보고 싶다.

그런 스스로의 욕구가 사마련주를 움직이게 하였고, 이곳까지 오게 하였다. 굳이 주원의 영역에 들어온 것도 사마련주가 그를 바라였기 때문이다.

흑룡협이나 이성민의 도움을 바라지 않고서 혼자 마차 밖에 나간 것 또한 사마련주가 그것을 원하였기 때문이다.

"그 숲에서."

흑룡협이 중얼거렸다. 그는 아직까지 아물지 않은 왼쪽 옆구리를 손으로 움켜잡았다.

"나는 갑자기 습격해 온 주원과 싸우게 되었지. 브레스를 연거푸 쏘아댔고 창왕과 싸움을 한 직후라 몸도 육체도 꽤 지쳐 있었지. 하지만, 그렇다고는 해도…… 나는 주원에게 압도적으로 당해버렸다."

그 말을 들으면서 이성민은 내심 찔끔할 수밖에 없었다.

주원은 드래곤과의 싸움을 숙원으로 삼고 있었다. 이 세상의 모든 드래곤이 타 차원으로 이주해 버린 이상, 이 세상에서 주원의 숙원을 이루어 줄 상대에 가장 흡사한 것은 반인반룡인 흑룡협뿐이었다.

하지만 숲에서 흑룡협과 주원이 싸우게 된 것은. 이성민이 주원에게 흑룡협을 팔아넘겼기 때문이다.

그 덕분에 흑룡협은 지친 상태로 주원과 맞닥뜨리게 되었고, 치유하지 못하는 상처를 입게 되었다.

"주원은 강해."

흑룡협은 왼쪽 옆구리를 더듬던 손을 아래로 내렸다.

그는 이성민을 물끄러미 보았다. 이곳으로 오는 몇 달의 여정 동안, 이성민은 흑룡협을 경계해 왔지만, 그는 뚜렷한 어떤 행동을 보이지는 않았다. 지금도 마찬가지였다.

"하지만 네 스승이 더 강하다."

흑룡협은 조금의 여지도 없는 목소리로 그렇게 선언했다.

"나도 알아."

상대가 주원이라고 해도. 사마련주가 패배할 것이라는 생각은 하지 않는다. 다만…… 자기 자신의 흥미 위주로 움직이는 사마련주의 행보가 위태롭게 느껴질 뿐. 대부분의 상황이 그에게 있어서 위험이 되지 않는다고 해도. 흥미를 따지며 위험에 몸을 던지는 사마련주의 행동은 자기 파괴적이었다.

[걱정되냐?]

'조금은.'

이성민의 대답에 허주가 낄낄 웃었다.

[그래도 스승이라고 걱정되는 모양이지?]

'나도 사람인데 당연히 걱정되지.'

[걱정할 필요는 없을 거다. 수백 년이 흐르면서 주원도 강해지기는 했다만, 그렇다고 해서 사마련주보다는 아니니까.]

'그래도, 싸울 필요가 없는데 굳이 싸울 필요는 없지 않나.'

[그렇다면 말리지 그러냐?]

'내가 말린다고 해서 들을까?'

이성민의 질문에 허주가 킬킬거리며 웃었다. 그리고.

오싹한 느낌.

가장 먼저, 마차가 크게 덜컹거렸다.

이성민은 자신도 모르게 창을 움켜잡았다. 그것을 느낀 것은 이성민뿐만이 아니었다.

흑룡협도, 스칼렛도.

스칼렛은 경직된 얼굴을 하고서 마도서를 덮었다.

흑룡협은 놀란 표정이 되어 창밖을 보았다. 이 감각. 전신의 털이 곤두서는 이 감각을, 이성민은 이미 몇 번이나 느껴 본 적이 있었다.

하지만 스칼렛은 아니었다. 이성민과 똑같은 것을 느낀 흑룡협의 얼굴이 딱딱하게 굳었고, 스칼렛의 안색이 창백하게 변했다.

초월지경에 오른 고수조차도 위압되는 공포감이다. 아무리 스칼렛이 대마법사라고 하더라도 전신 감각을 끄트머리서부터 갉아먹어 올라오는 것과 같은 공포에 저항하는 것은 힘들다.

[잡아라.]

허주가 급히 말했다.

[무슨 생각인지는 모르겠지만, 제니엘라는 자신의 존재감을 숨기지 않고 있어. 저항력이 약한 인간이라면 견디지 못하고 정신이 붕괴되어버린다.]

스칼렛의 몸이 떨리기 시작했다. 그녀는 자신이 왜 몸을 떨고 있는 것인지 이해하지 못했다.

단지 떠는 손을 들어 어깨를 끌어안을 뿐. 호흡이 가빠져 온다. 머릿속에 벌레가 기어 다니는 것만 같았다.

이성민은 즉시 손을 뻗어 스칼렛의 손목을 잡았다. 기혈을 잡고서 내력을 흘려보내자 흐리멍덩해지던 스칼렛의 두 눈에 빛이 되돌아 왔다.

"……윽!"

찌릿, 하는 두통에 스칼렛은 관자놀이를 꾹 눌렀다. 가쁜 숨을 몰아쉬던 그녀는 눈을 들어 이성민을 보았다.

곧, 그녀는 민망하다는 표정을 지으며 슬며시 자신의 손목을 잡은 이성민의 손을 손끝으로 밀어냈다.

"……고마워. 갑작스러워서 대응이 늦었어."

스칼렛은 그렇게 말하며 수인을 맺고서 입술을 달싹거렸다. 정신 방벽을 씌우고 나니 머릿속에 맑아졌다.

흑룡협은 창밖을 보며 긴장한 표정을 지었다.

"이건…… 괴물이군."

진심으로. 흑룡협은 자신을 압박해 오는 제니엘라의 존재감을 평가하면서 꿀꺽 침을 삼켰다.

제니엘라가 발하는 흉악하고 불길한 존재감은 사마련주의 것과는 궤가 달랐다.

육체와 정신을 압박해 오는 프레셔 자체만을 본다면 사마련주를 마주했을 때의 위압감보다 거세었다.

이성민은 여태까지 몇 번이나 제니엘라와 마주한 적이 있었으나, 이토록 강렬한 존재감을 과시하는 제니엘라는 이번이 처음이었다.

이성민은 내공을 끌어올렸다. 단전에서 우릉거리는 소리가 나며 몸을 짓누르는 압력이 조금은 옅어진다.

나오지 마라, 라고 말했지만. 이성민은 마차의 문을 열어버렸다. 사마련주가 걱정되었기 때문이다.

"뭐냐."

사마련주는 마부석 위에 서 있었다. 그의 곁에 앉은 예화는 말의 고삐를 잡고 덜덜 몸을 떨고 있었다.

이성민은 왜 마차가 덜컹거렸던 것인지 이해했다.

초월지경의 고수도 버티는 것이 힘든 이 압박감 속에서 말들이 버틸 리 만무했다.

이 먼 여정 동안 마차를 끌어온 말들은 누구나 인정하는 명마일 터이나, 말들은 제니엘라의 압박감을 버티지 못하고 모조리 죽어버렸다.

예화가 그나마 버티고 있던 것은 사마련주가 그녀의 어깨를 손으로 잡아 내력을 불어넣고 있는 덕분이었다.

사마련주는 가면을 벗고 있었다.

그는 예화를 격공섭물로 띄워 올리더니 이성민이 열고 나온 마차 안으로 들여보냈다.

"오랜만이네요."

목소리가 인사를 해왔다.

"내가 오해하게 했나요?"

눈바람이 멈췄다. 흩날리는 눈발 속에서 붉은 안광이 영롱한 빛을 발했다.

언제부터인가, 제니엘라는 그곳에 있었다. 이 공간 전체를 공포에 질리게 만드는 흉악한 존재감을 과시하면서.

그녀가 천천히 걸어 올 때마다 이성민의 심장은 미친 듯이 뛰었다.

괴물이라는 것은 익히 알고 있었으나 이 정도로 격차가 클 줄은 몰랐다.

사마련주가 초월지경의 무인 중에서 특히나 규격 외인 것처럼, 제니엘라도 마찬가지였다.

그녀는 다른 프레데터의 검은 별들과도 비교가 되지 않는 압도적인 강함을 가지고 있었다.

"오해?"

수백 년 전에 제니엘라와 만났던 적이 있다.

레그로 숲에 들어가기 전, 한참 세상을 떠돌 시절이다.

그때 제니엘라와의 만남은 우연이었고, 사마련주도 제니엘라도 서로에게 적의를 갖지는 않았기에 스치듯 지나갔다.

인연은 그것으로 끝이다. 하지만 지금은 다르다.

사마련주는 그녀가 내비치는 힘에는 만족스러운 미소를 지었다.

제니엘라의 눈이 움직였다.

순간, 그녀는 멈칫 굳어버렸다. 사마련주의 곁에 선 이성민을 보며, 제니엘라는 자신도 모르게 당황한 표정을 지을 수밖에 없었다.

"왜 당신이 이곳에?"

그렇게 질문할 수밖에 없었다. 제니엘라는 틀림없이, 단편적인 미래의 영상을 보았다.

그녀가 이곳에 나와 사마련주를 맞이하는 것은 그녀가 보았던 미래 중 일부였다. 그래, 이 만남을 그녀는 마안을 통해 틀림없이 보았다.

하지만 그 영상에서 이성민의 모습은 없었다. 그것이 제니엘라를 당황하게 만들었다. 분명히, 미래를 보았는데. 먼 미래도 아니고 고작 몇 시간 뒤의 미래였는데.

왜 그 영상에서 존재하지 않았던 이성민이 이곳에 있단 말인가?

"무슨 말을 하는 겁니까?"

이성민은 경계를 누그러뜨리지 않고서 그렇게 되물었다. 제니엘라는 질문 대신에 즉시 마안을 펼쳤다.

그녀의 붉은 눈동자 안에서 마력이 소용돌이쳤다. 상대의 모든 것을 꿰뚫어 보는 직시의 마안이 이성민에게 향했다.

두 번.

제니엘라는 두 번 이성민에게 직시의 마안을 펼쳤던 적이 있었다.

한 번은 그와 트라비아에서 처음 만났을 때. 두 번째는 김종현 토벌전 때에 이성민이 요정마를 타고 트라비아에 나타났을 때.

처음에는 직시의 마안으로 이성민의 존재를 꿰뚫어 볼 수가 없었으나, 두 번째에는 꿰뚫어 보는 것이 가능했다.

그리고 지금은?

'보이지 않아……?'

짙은 안개가 이성민을 휘감고 있는 것만 같았다. 제니엘라의 당황이 더욱 커졌다.

미래의 영상에서도 잡히지 않았고, 직시의 마안으로도 볼 수가 없다.

왜 지난번에는 볼 수 있었던 것이 지금은 보이지 않는단 말인가?

"잡스럽군."

당황하는 제니엘라의 귓가에 사마련주의 목소리가 들렸다. 그는 주변을 쭉 둘러보았다.

눈발이 가라앉은 평원은 제니엘라 외에 아무도 보이지 않았다. 하지만 사마련주는 확실히 느끼고 있었다.

그림자에 숨어든 수많은 뱀파이어의 존재감을. 그들은 세상에서 가장 뛰어난 은신술의 대가들이었지만, 사마련주의 감각을 속이는 것은 불가능했다.

"본좌와 싸우고 싶은가?"

"아하하!"

사마련주의 질문에 제니엘라가 높은 목소리로 웃었다. 웃음이 퍼졌을 때, 이성민은 양손을 들어 귀를 틀어막았다.

아아아아─!

웃음의 끝이 공명하여 거대한 울림이 된다. 그것은 대지를 뒤흔들고 이성민의 내장을 뒤흔들었다.

흔들리는 대지 위에서 사마련주의 몸은 조금도 흔들리지 않았다.

"설마. 아, 하하하…… 설마. 설마, 그럴 리가. 싸울 생각은 없어…… 핫! 없어요."

제니엘라는 뭐가 그리 우스운 것인지 연신 큭큭거리며 웃는 소리를 냈다.

"잡스럽다? 그렇게 느꼈다면 사과하지요. 상대가 상대이다 보니, 충분한 예우를 보여야 할 것 같아서. 걱정 말아요. 저들은 당신을 위협하기 위해 데리고 온 것이 아니니까."

사마련주는 웃어대는 제니엘라를 물끄러미 보았다. 호흡을 고르는 것으로 제니엘라는 웃음기를 지워냈다.

"당신이 왜 이곳에 온 것인지는 알아요."

"미래를 본다고 하더군."

사마련주의 중얼거림에 제니엘라의 눈이 빛났다.

"어머나. 그건 내가 가진 큰 비밀 중 하나인데에…… 누가 알려줬죠?"

"본좌가 스스로 알아냈지."

"거짓말."

사마련주의 대답에 제니엘라가 이를 드러내며 웃었다.

"뭐…… 그게 중요한 것은 아니지만."

제니엘라는 그렇게 말하면서 몸을 돌렸다.

"제 저택으로 안내해 드리죠. 이곳까지 마중을 나왔으니 예우는 충분히 되었다고 생각……."

"궁금한 것이 하나 있는데."

사마련주가 입을 열었다.

"그대는. 본좌가 이곳에 온다는 것을 어떻게 알고 와 있었나?"

"미래를 보았죠."

"그래?"

사마련주가 피식 웃었다.

"그렇다면 이런 미래도 보았나?"

말이 끝났을 때.

깔끔하게 절단 난 제니엘라의 머리는 바닥으로 떨어지고 있었다.

"이런, 미친……!"

토옥.

하얀 눈 위에 제니엘라의 머리가 놓였다. 울컥거리며 나온 피가 눈밭을 빨갛게 물들였다.

이성민은 제니엘라의 머리를 자른 사마련주의 출수를 보지는 못했으나, 잘린 머리가 눈밭을 물들이는 결과는 보았다.

덕분에 그는 경악하여 그런 외침을 토할 수밖에 없었다.

"뭐하는 겁니까?!"

제니엘라와 싸우지 않아도 되었었다. 예정대로 제니엘라와 만나는 것에 성공했고, 이제는 그녀를 따라 그녀의 저택에서 이야기를 나누면 끝날 일이었다.

그런 상황에서 사마련주가 갑작스레 출수한 것을 이성민은 이해할 수가 없었다.

"뭐가 말이냐."

"왜 굳이 공격을……."

"너는 그녀를 믿느냐?"

사마련주의 질문에, 이성민의 말문이 막혔다.

"상대는 뱀파이어 퀸이다. 혈혹의 제니엘라. 미혹해서 혈혹(血惑). 또, 잔인해서 혈혹(血酷). 어느 쪽이든 좋은 뜻은 아니다. 산 자의 피를 빨아 마시는 뱀파이어, 그중에서도 수백 년을 살아온 저 괴물을, 너는 신뢰할 수 있는가?"

신뢰?

여태까지 제니엘라와 만났던 것을 떠올린다. 우연한…… 만남들.

이 세상에 우연 따위 없다는 것을 이제는 잘 알게 되기는 했다만. 어쨌든, 제니엘라와의 만남에서 그녀가 이성민을 위협했던 적은 없었다.

제니엘라는 이성민에게 우호적이었다. 어쩌면 이것에도 운명의 가호가 적용된 것일지도 모르겠으나, 제니엘라는 그녀 개인적인 취미와 취향으로서 이성민에게 호의를 가지고 있었다.

덕분에 이성민은, 제니엘라가 강력한 힘을 가진 괴물임을 알아도 그녀에게 실질적인, '진짜로' 죽을지도 모른다는 위협을 느낀 적은 거의 없었다.

"본좌는 저 괴물을 믿을 수가 없다."

사마련주가 말했다. 그런 반응이 일반적이다. 하지만 이성민은 잘 알고 있었다.

사마련주가 제니엘라의 목을 벤 것은, 그녀를 믿지 않아서가 전부가 아니라는 것을.

"하……."

웃음소리.

"하하핫! 아하하핫!"

소리가 울렸다. 머리가 잘렸음에도 제니엘라의 몸은 쓰러지지 않았다.

잘린 부위에서 솟구친 핏물은 그녀의 옷을 적시고 눈밭을 적셨었다.

혹독한 북쪽 추위에 얼어붙었던 피들이 녹는다. 방울져 솟구친 핏방울들이 쓰러지지 않은 몸뚱이 주변을 맴돈다.

머리 없는 몸뚱이가 천천히 몸을 돌린다. 이성민은 웃음의 진원지를 찾았다. 바닥에 놓인 머리가 홀로 들썩거리며 웃고 있었다.

"보았느냐고?"

웃음이 뚝 멈추었다. 머리가 먼지가 되어 무너져 내렸다. 주변을 맴돌던 핏방울들은 절단 난 목으로 흘러들어 갔고, 붉은 안개가 머리가 있어야 할 곳을 떠돌았다.

그것은 다시 제니엘라의 머리가 되었다. 그녀는 '잘렸던' 목을 손으로 어루만지며 사마련주를 향해 물었다.

"보지 않았을 것 같나요?"

"보았겠지."

사마련주는 멀쩡히 머리가 붙은 제니엘라를 향해 무덤덤한 목소리로 답했다. 제니엘라는 키득거리는 소리를 죽이며 말했다.

"내가 보는 미래는 불완전하고 변수가 많지만, 조건이 갖추어진다면 어긋나지 않아요. 일어날 상황이 되었고, 일어나야 할 미래를 보는 것이니까."

"본좌가 공격할 것을 알았다. 그런데 왜 피하지 않았나?"

"피할 이유가 없으니까요."

제니엘라가 활짝 미소를 지었다.

"당신은 대단한 힘을 가지고 있지만, 그렇다고 해서 나를 죽이는 것은 불가능해요."

"시험해 보기를 원하는가?"

"설마요. 나는 당신과 싸우고 싶지 않아요. 몇백 년 전의 당신이라면 모를까. 지금의 당신과 싸운다면 둘 중 하나는 무조건 죽어야 할 텐데. 나는 당신이 죽는 것을 바라지 않거든. 나 자신의 죽음은 더더욱 바라지 않고요."

그 대답에 사마련주는 피식 웃었다. 그는 들었던 손을 내리면서 뒷짐을 지며 말했다.

"지금 당장 그대와 싸우는 것은 본좌 역시 원하지 않는 일이다. 하지만, 말했듯이 본좌는 그대를 믿을 수가 없다."

"내가 당신을 해치는 것을 두려워 하는 것은 아닐 테고?"

"본좌는 문제없지. 하지만, 본좌와 함께 온 이들의 안전은 맹세해 줘야겠다."

"쉬운 일이군요. 나는 절대로, 이곳에 온 당신들에게 위해를 끼치지 않겠어요."

제니엘라는 주저하지 않고 그에 대해 맹세했다. 불사의 괴물에게 마나의 맹세가 의미가 있는 것일까? 이성민은 내심 그것이 의문이었으나, 그에 대해서는 허주도 대답해 주지 못했다.

맹세를 받고 나서야 사마련주는 머리를 끄덕거렸다. 하지만 마차를 끄는 말들이 모두 죽었기에 마차는 더 이상 움직일 수가 없었다.

"그에 대해서는 사과드리죠."

제니엘라가 손을 들어 올렸다. 활짝 펼친 그녀의 손바닥이 앞으로 향하자, 손끝에서 자그마한 핏방울이 맺혔다.

포옹!

튀어나간 핏물이 죽은 말들의 입으로 흘러 들어갔다. 경련이라도 온 것처럼 말들의 시체가 덜덜 떨린다.

얼마 지나지 않아 말들은 비틀거리며 몸을 일으켰다. 죽은 말을 되살린 것이 아니다. 뱀파이어의 정점에 오른 그녀의 피를 써서, 말을 언데드인 좀비로 만들어낸 것이다.

"이제 문제는 없을 테니 출발하죠. 주원에게 미리 양해를 구하고 이곳에 오기는 했지만, 그의 영역에 너무 오래 있다가는 그의 기분이 상할 테니까."

[당신은 뭐죠?]

마차에 오르려는 순간. 이성민은 머릿속에서 제니엘라의 목소리를 들었다. 그는 흠칫 놀라 제니엘라를 돌아보았다.

[분명히. 김종현 토벌전에서 당신을 만났을 때만 해도, 나의 마안은 당신을 꿰뚫어 볼 수 있었어요. 그런데…… 왜 지금의 당신은 내 눈으로 볼 수가 없는 건가요?]

[……무슨 말인지 잘 모르겠습니다만.]

[이상해…… 아주 이상해. 수백 년을 살았지만, 당신 같은 경우는 처음이야. 처음부터 보이지 않았다면 모를까. 그리고 이번에도. 내가 본 미래에서 당신의 모습은 없었는데…… 오늘 이곳에서의 만남

에 당신의 존재는 예정되어 있지 않았는데. 왜 당신이 이곳에 있는 것이죠?/

모순되었다. 불완전하고 변수가 많지만, 조건만 갖추어진다면 어긋나지는 않는다.

일어날 상황이 되었고 일어나야 할 미래를 본 것이니까. 제니엘라는 틀림없이 그렇게 말했었다.

그녀 스스로도 자신의 질문과 지금의 상황이 모순이라는 것은 알고 있었다. 그렇기에 기묘하고 당황스럽다.

/당신은 뭐죠?/

변수. 특이점. 관측자. 종언에 대한 것. 아벨에게서 종언에 대한 이야기는 들었다.

하지만 아직까지 이성민은 자기 자신이 대체 어떤 존재인 것인지에 대해서는 확실하게 알고 있지 못했다.

나는 나다. 너는 너다. 허주는 그렇게 말했었다. 그렇게……스스로 생각하려 하였으나, 여전히 의문이 너무나도 많다.

단순히 종언을 이곳으로 인도하는 관측자의 역할은 이미 끝났다. 그렇다면 지금부터의 나는 대체 뭔가?

왜 제니엘라의 직시의 마안은 나를 보지 못한 것일까. 왜 그녀가 본 미래에서 내가 이곳에 없었다는 것일까.

생각해 본다.

마차 안에서 이성민은 생각에 잠겼다. 의문이 너무 컸다. 가장 먼저, 제니엘라의 직시의 마안의 간파가 가능했을 때.

김종현 토벌전의 직전. 헤로이에 가기 위해 트라비아로 요정마를 타고 갔을 때.

위지호연과 헤어져서 하라스로 가서 얼마 지나지 않아…….

'……아.'

설마. 이성민은 급히 머리를 들어 흑룡협을 보았다.

"묻고 싶은 것이 있다."

"갑작스럽군."

흑룡협이 의아하다는 표정을 지었다. 머릿속의 가설이 진실인지는 알 수 없다. 그러니 흑룡협에게 일단 물어볼 수밖에.

"무신이 휴잴 산맥에 갔단 것이 언제인지 기억하나?"

"……정확한 날짜까지는 모르겠다만…… 이것 하나는 틀림없다. 무신이 휴잴 산맥에 들어간 것은, 내가 김종현 토벌을 위해 헤로이 쪽으로 갔을 때의 일이다. 주원에게 큰 상처를 입고 간신히 무림맹으로 돌아오자마자 영매에게 소식을 들었었으니까."

역시.

이성민은 아랫입술을 잘근 씹었다. 연관이 없다고는 생각할 수가 없었다.

제니엘라가 왜 처음에 직시의 마안으로 '나'를 보지 못했던 것인가. 그에 대해서는 어느 정도 추측이 가능하다. 그때의 이성민은 관측자로서 운명의 가호를 강하게 받고 있었다.

아마 그것이 제니엘라의 마안에게서 이성민을 보호해 준 듯싶었다.

그 후, 김종현 토벌을 위해 트라비아에 왔을 때. 그 시점에서의 이성민은 의식하지 못했던 관측자로서의 역할을 끝낸 상태였다.

그는 이미 전생에 죽었을 시기를 지났고, 이 세상은 종언으로 인도되었다. 그 역할이 끝남으로써 이성민은 운명의 가호를 잃었다.

그리고.

그 후 얼마 지나지 않아, 위지호연은 휴잴 산맥에서 무신과 만났다.

확실하지는 않지만, 정황을 보건대 그때 위지호연은 마령정에서 마령과 만났을 것이다.

'위지호연이 마령과 만난 것.'

그로 인해 운명의 가호가 다시 나타난 것일까? 그 가호가 다시 나를 보호해 주고 있는 것인가. 모르겠다. 알 수가 없었다.

아벨은 이성민이 운명의 가호를 다시 갖게 되었다는 말은 하지 않았었으니까.

하지만 아무리 생각해 봐도, 제니엘라가 지금에 와서 직시의 마안으로 이성민을 간파하지 못한 이유는 위지호연이 마령과 접촉했다는 것 외에 다른 이유는 없다고 느껴졌다.

'나는…… 아니, 너는 대체 뭐지?'

위지호연을 떠올린다. 언젠가 다시 만나게 될 것이라고. 그 말을 할 때에는 설마 일이 이렇게 될 것이라고는 생각하지 못했다.

길어봐야 몇 달 후면 사마련에서 다시 만나게 될 것이라고 생각했다.

서로가 해야 할 일이 있다는 것을 알았으니까 잡지 않았다.

그때 잡았어야 했나.

후회하기에는 늦었다. 이성민은 숨을 돌리면서 머리를 들었다. 사마련주와 시선이 마주쳤다. 맞은편에 앉은 사마련주는 가면 너머에서 이성민을 뚫어져라 보고 있었다.

[생각은 끝났나?]

사마련주가 질문했다. 그에게 숨길 이야기는 아니었기 때문에, 이성민은 자신의 추측들에 대해서 사마련주에게 알려 주었다. 그러자 사마련주가 피식거리며 웃었다.

[안 돌아가는 머리로 열심히도 고민했구나.]

[말이 너무 심하신 것 아닙니까.]

[칭찬해 주는 것이다.]

저게 대체 어디를 들어야 칭찬이란 말인가.

[네 생각이 맞다고 본다. 소천마가 마령과 만난 것…… 그로 인해

'무언가가 일어나게 되었으니, 너에게도 변화가 생기게 된 것이겠지. 마법사 길드장은 너에게 존재 가치가 없다고 했었지만 말이다. 하지만 그때에도 말했듯, 본좌는 그렇게 생각하지는 않아. 너에게는 뭔가가 있다. 그리고 소천마와 너 사이에는 뭔가가 연결되어 있는 것 같구나.]

위지호연과의 첫 만남은 우연은 아니었다. 어느 정도는, 이성민의 의도가 들어간 것일 테니까.

여태까지는 그것이 전부라고 여겼었다. 하지만…… 지금에 이르러서는 그리 단순하지 않다는 생각이 들었다.

[운명의 가호라. 어디서 확인할 방법도 없고.]

[마냥 방법이 없는 것은 아닙니다만.]

예전에, 이성민은 그리 긴 시간은 아니었지만 소림에서 수행했었다.

괴력난신의 가호. 이성민이 자신의 몸에 걸려 있는 그 가호를 처음으로 인식했던 것은, 소림의 전대 방장인 불영대사의 말 때문이었다.

소림에서는 많은 일이 있었다. 이성민이 북쪽으로 가야겠다고 마음을 먹었던 것도, 불영대사의 몸에 깃든 신령의 말을 들었기 때문이었다.

[소림에 가서 확인해 보겠다는 말이냐?]

[해볼 필요는 있다고 생각합니다만.]

이성민의 대답에 사마련주가 킬킬거리며 웃었다.

[타구봉진 다음에는 백팔나한진인가? 도장깨기라도 하는 기분이군.]

그런 대화를 나누는 중에 마차가 멈췄다. 이곳에서 트라비아까지의 거리는 제법 먼데, 제니엘라의 피를 받아 좀비로 변한 말들은 쉬지 않고 달려 트라비아에 있는 제니엘라의 저택까지 도착한 것이다.

마부조차 필요 없었다. 예화는 마차 안에서 조금 긴장한 표정으로 앉아 있었다.

"걱정할 필요는 없다."

사마련주가 입을 열었다. 그는 굳은 표정의 예화를 힐긋 보며 말했다.

"만약의 상황이 벌어진다고 하여도, 너희를 죽게 하지는 않을 테니까."

마차의 문이 열렸다.

제니엘라의 저택에 온 것은 두 번째다. 커다란 저택의 문은 이미 열려 있었고, 그 안으로 화려한 장미의 정원과 고풍스러운 저택의 모습이 보였다.

먼저 마차에서 내린 사마련주는 열린 대문 앞에 서 있는 제니엘라를 마주 보았다. 제니엘라가 송곳니를 보이며 웃었다.

"들어오시죠."

그녀의 안내를 받아 정원을 가로지르던 중. 이성민은 걷던 것을 멈추었다.

그는 크게 뜬 눈으로 정원 한쪽에서 수십 개의 송곳에 몸이 꿰여 허공에 매달려 있는 아이네를 보았다.

아이네를 알아본 것은 스칼렛도 마찬가지였다. 그녀는 헉하는 소리를 내며 이성민의 팔을 붙잡았다.

"저거, 저, 저거. 그때 개잖아. 맞지?"

"……예."

아이네에게 처음 습격을 받았을 때. 강기를 발현하여 아이네를 물러서게 하기는 하였지만, 그렇게 할 수 있었던 것은 스칼렛이 곁에서 도와준 덕분이었다.

아이네의 참담한 모습에 스칼렛의 몸이 바르르 떨렸다.

"저게 왜 여기 있는 거야?"

그 목소리를 들은 것일까. 숙이고 있던 아이네의 머리가 위로 들렸다.

그녀의 노란 눈동자가 이성민에게 향했다.

……쿠르르르.

몸 안에서 요력이 진동했다.

찌잉!

강렬한 두통이 이성민의 머리를 때렸다. 힘이 풀린 다리가 크게 휘청거렸고, 이성민은 헉하고 숨을 삼키며 무너지려던 몸을 간신히 붙잡았다.

뒤따라오던 흑룡협과 스칼렛이 의아하단 표정으로 이성민을 보았다.

어느새인가 호흡은 거칠어져 있었다. 이성민은 알지 못했지만, 그의 금색 요안은 최근 그 어느 때보다 강렬한 빛을 발하고 있었다.

두통과 더불어 찾아온 가슴의 통증은 너무 빠르게 뛰는 심장 박동이 불러온 아픔이었다.

늑골을 부수고 튀어나올 듯 심장이 빠르게 뛴다.

이성민은 자신의 심장이 부풀고 줄어드는 것을 그대로 느끼고 있었다.

귓가에서는 다양한 소리가 들린다. 목소리의 높낮이가 다르고 뒤섞이고 울린다.

그 사이에서 유일하게 들을 만하다고 할 수 있는 것은, 꺄꺄거리는 어린아이의 웃음소리였다.

뭐냐, 이건. 이성민은 머리를 감싸 쥐며 신음했다. 허주의 목소리가…… 멀리 들린다.

귓가는 소음과 아이의 웃음소리로 시끄러웠고, 풍경이 뒤흔들린다. 무너진다.

꺄꺄, 꺄꺄꺄…….

웃음소리가 점차 선명해진다. 일그러진 풍경은 장미의 정원이 아닌 전혀 다른 것을 비추었다. 등불…… 들이 떠오른다.
본 적이 있는 풍경이었다. 이성민은 두 눈을 부릅뜨고 그 풍경
을 보았다.

어르무리의 거리가 보였다.

[아아아아아!]

꽈아아앙!

이성민의 머릿속에서 벼락이 쳤다.

헉하고 숨을 삼킨 순간, 어르무리의 거리는 사라지고 원래
보여야 할 장미의 정원이 보였다.

두통이 잦아들고 이성민은 두 눈을 깜박거렸다.

사마련주가 이성민의 손목을 잡고 있었다. 어깨에서 느껴지
는 온기에 놀라 위를 보니, 스칼렛이 당황과 걱정을 담은 표정
으로 이성민을 내려보고 있었다.

손목을 통해 들어오는 기는 사마련주의 것이었다. 머릿속
에 들렸던 커다란 외침. 그것은 허주의 목소리였다.

[정신이 드냐?]

허주가 급히 물었다. 사자후를 터뜨려 이성민이 보던 환영
을 박살 낸 것은 그였다.

통제를 벗어나 덜덜 떨리던 몸과 터져 나오려던 요력을 억제
한 것은 사마련주였다.

스칼렛은 정신 정화와 안정 마법을 걸어주며 이성민의 의식

을 붙잡고 있었다.

"뭐, 뭐…… 뭐야?"

이성민은 떠듬거리며 그렇게 목소리를 냈다. 멀찍이 서 있던 제니엘라는 이성민을 보고 있지 않았다.

그녀가 보고 있는 것은 아이네였다. 갑작스레 발작한 이성민과는 다르게 아이네는 아무런 동요도 보이지 않았다.

오히려 그녀는 몸을 찢어대는 송곳이 전해주는 통증 속에서도 알 수 없다는 표정을 지으며 이성민을 보고 있었다.

차이점.

제니엘라는 그것에 주목했다. 어르무리에서 무슨 일이 있었는지, 김종현에게 들었었다.

이성민이 아이네와 마찬가지인 검은 심장을 가지고 있다는 것도 안다.

아르베스가 끌어모은 어르무리의 거대한 요력이, 이성민과 아이네 둘에게 흘러갔다는 것도 안다.

그런 의미에서 본다면, 그녀가 예지하고 간절히 출현을 기도하고 있는 프레데터의 왕.

학살포식에 가장 가까운 것은 아이네가 아닌 이성민이라고 할 수 있을 것이다.

사실 현재로써도 '조건'만 두고 보자면, 아이네보다 이성민이 학살포식에 가까웠다.

그는 드래곤의 힘을 가지고 있고, 허주와 어르무리의 요력을 가짐으로써 육체가 요괴에 가깝게 변이했으며, 무공 실력도 뛰어나 초월지경의 경지에 올라 있다.

마법적인 소양은 그리 보이지 않지만, 검은 심장을 가지고 있으니 마음먹고 마법을 파고든다면 마법에도 뛰어난 진전을 보일 것이다.

그런 조건만을 두고 본다면, 의 이야기다. 제니엘라는 이성민의 성향을 잘 알고 있었다.

'저런' 몸뚱이를 가지고 있음에도 그는 인간으로 있고 싶어한다.

그런 모습은 제니엘라의 가학심을 부추겼지만, 학살포식의 요인으로 본다면 여러모로 애로사항이 많다.

실제로 이성민은 검은 심장을 가지고 있음에도, 단 한 번도 '포식'다운 포식을 하지 않았다.

식욕에 굶주려 무분별한 학살을 벌이고 닥치는 대로 먹어 치운 아이네와는 정반대의 모습이다.

그 외에도, 제니엘라가 이성민에게 큰 간섭을 하지 않는 것에는 결정적인 이유가 있었다.

제니엘라가 '본' 미래에서, 자신이 이성민과 함께 있는 영상을 단 한 번도 본 적이 없었기 때문이다.

그렇기에 제니엘라는 이성민이 학살포식에 가깝다고 생각

하면서도, 그에게 직접적으로 간섭을 하려 들지는 않았다.

'하지만……'

껄끄러운 점이 있다는 것을 알게 되었다. 그녀가 이번에 본 미래.

주원의 영역인 설원에서 사마련주와 마주하는 것을 보았다. 흑룡협의 모습도, 적색 마탑주인 스칼렛 레시르의 모습도 보았다. 이성민의 모습은 보지 않았다.

하지만 이성민은 그곳에 있었다.

그녀가 가진 미래안은 단편적인 미래의 영상을 보여 줄 뿐이지만, 상황과 조건이 맞는다면 결코 어긋나지 않는다.

그러한 믿음이 있기에, 그녀는 자신이 보았던 가장 먼 미래를 위한 상황과 조건을 갖추기 위해 수백 년의 공을 들여 왔다.

어긋나지 않는다는 확신이 있었기에 껄끄럽다. 오늘, 설원에서 이성민을 만난 것은 제니엘라가 믿어 의심치 않았던 미래안에 대한 확신을 흔들리게 만든다.

아니, 미래안이 틀린 것은 아니다. 제니엘라는 이성민을 노려보았다.

직시의 마안으로 더 이상 그의 존재를 꿰뚫어 볼 수가 없다. 지난번에 꿰뚫어 보았던 이성민이라는 존재에 대해 더 이상 확신을 가질 수가 없다.

'여태까지' 보았던 미래에 대해 확신을 가질 수가 없다. 여태까지 미래안으로 보았던 미래가. 이번 경우처럼 이성민만 싹둑 잘려서 보인 것이라면?

만약 그런 것이라면 의도적으로 이성민에게 간섭하지 않은 제니엘라의 행동이 기만된 것이다.

대체 누가 그녀를 기만했단 말인가?

"요력이 폭주했다."

사마련주가 이성민의 손목을 놓으면서 말했다.

"별의별 일로 본좌를 귀찮게 하는구나. 왜 요력이 폭주한 것이냐?"

"모르…… 겠습니다."

[공명이다.]

허주가 답해 주었다.

[네가 가진 요력과, 저 계집아이의 요력이 공명했다.]

'그게 무슨 소리냐……?'

[그때, 어르무리에서 말이다. 저 계집에게도 토지의 요력 상당수가 흘러 들어갔다. 그리고…… 보아하니, 저 계집은 너와는 다르게 완전히 인외로군. 애초에 정신머리가 인외이다 보니, 너처럼 요력이 공명하여 정신이 맛이 갈 뻔하지는 않은 것이다.]

그 말에 이성민은 슬쩍 아이네를 보았다. 하지만 이번에는 아까처럼 요력이 공명하지는 않았다. 가슴은 여전히 빠르게 뛰고 있었지만, 통증은 없었다.

'못…… 들었나?'

[무슨 소리냐?]

'어린아이의 웃음소리.'

이성민은 헐떡거리는 호흡을 가다듬었다.

어르무리의 풍경을 보았다. 신명 난 듯이 웃던 어린아이의 웃음소리를 들었다.

나한테 대체 무슨 일이 생긴 것이지? 그 웃음소리는 대체 뭐야?

하지만 허주는 아무 소리도 듣지 못했다고 답했다.

이성민은 사마련주에게 조금 전, 자신에게 있었던 일에 대해 설명해 주었다.

그러자 가면의 눈구멍으로 보이는 사마련주의 두 눈이 찡그려졌다.

[너는 참 양파 같구나.]

"예?"

[까면 깔수록 왜 자꾸 뭐가 더 나오는 것이냐?]

"안 오시나요?"

한참 동안 제자리에 서 있자, 결국 제니엘라가 그렇게 질문했다. 사마련주는 어깨를 으쓱거리며 몸을 돌렸다.

이성민은 마지막으로 아이네에게 시선을 주었다. 왜 그녀가 저런 처참한 모습으로 이곳에 있는 것인지는 의문이었다.

"희한한 애완동물을 키우는군."

"귀엽지 않아요?"

"징벌이 너무 과한 것 아닌가?"

"튼튼하니까 괜찮아요."

제니엘라는 뒤도 돌아보지 않고서 대답했다. 그녀가 일행을 안내한 곳은 수십 명이 앉을 수 있을 것만 같은 기다란 식탁이 중앙에 놓인 식당이었다.

그 커다란 식탁 위에는 수십 종류의 요리가 올라가 있었다.

하지만 일행 중 누구도 그 화려한 요리들을 보고 식욕을 느끼지는 않았다. 이곳은 뱀파이어의 저택이다.

저 붉은 와인이 피일 수도 있고, 붉은 스튜 안에 동동 떠 있는 고기가 인육인지 아닌지 어찌 확신할 수 있겠나.

"앉으시죠."

"식사 따위를 하러 온 것이 아니다."

사마련주가 입을 열었다. 이성민이나 스칼렛, 흑룡협은 제니엘라에게 상당히 위압되어 있었으나. 사마련주는 아니었다.

그는 강대한 힘과 머리가 떨어져도 죽지 않을 정도의 불사력을 과시한 뱀파이어 퀸을 상대하며 꼿꼿이 머리를 세웠다.

제니엘라는 큭큭 웃으면서 손바닥을 마주 부딪치며 손뼉을 쳤다.

"너무 날을 세울 필요는 없잖아요."

박수 소리가 신호였다. 식당 곳곳에 있는 문들이 일제히 열렸다.

스칼렛은 흠칫 놀라 주변을 둘러보았지만, 이성민이나 흑룡협, 사마련주는 가만히 서서 제니엘라를 노려보았다.

열린 문을 통해 식당으로 들어오는 것은 창백한 피부를 가진 소년과 소녀들이었다.

"저들 또한 그대의 애완동물인가?"

"저택이 워낙에 넓은지라 일손이 부족하거든요."

"인간이군요."

이성민이 중얼거렸다. 메이드복을 입은 소년 소녀들에게서 뱀파이어의 느낌은 나지 않는다.

상석에 앉은 제니엘라가 붉은 액체가 담긴 와인잔을 흔들었다.

"무턱대고 뱀파이어를 양산하지는 않거든요. 비효율적이기도 하고. 게다가, 내 귀중한 피를 써가며 만든 뱀파이어를 식사 시종 따위로 부리기에는 아깝잖아요?"

자, 자. 너무 긴장들 하지 마시고.

제니엘라가 키득거렸다.

메이드들은 알아서 행동했다. 인원수에 맞게 의자를 뒤로 뺐고, 빈 잔에는 술을 채웠다.

나이프와 포크 따위의 식기를 손에 닿기 쉬운 곳으로 옮기고, 커다란 고깃덩어리는 먹기 좋게 잘랐다.

"인육은 쓰지 않았어요. 피도 마찬가지예요. 그러니 너무 걱정하지 마시고……."

"식사 따위를 하러 온 것이 아니라고 했다."

사마련주가 다시 말했다.

파직!

그의 어깨 언저리에서 전류가 튀었다. 사마련주에게서 끔찍할 정도로 강대한 위압감이 뿜어졌다.

그것은 순식간에 식당 전체를 휘감고 아래로 짓눌렀다. 샹들리에가 박살 나고 바닥이 진동했다. 메이드들이 주저앉았다.

진동하는 공간 속에서 제니엘라의 몸은 조금도 떨리지 않았다. 그녀는 와인잔을 천천히 흔들면서 물었다.

"제 호의를 거절하는 것이 어떤 의미인지 알고 하시는 건가요?"

"본좌의 이런 행동은 미래에서 보지 못했나 보지?"

"맞아요. 제가 본 미래는 단편적이었고, 당신과의 만남과…… 당신이 내 목을 자르는 것. 그리고 이곳에 오는 것이 끝이었거든요."

"그렇다면 이후의 일은 네가 알지 못하는 일들이겠군."

"그렇다고 해서 제가 당황할 것 같나요? 당신의 존재가 내가 보아 온 미래를 부정할 수 있을 것 같나요? 제가 도달하게 될 미래로의 길을 망칠 수 있을 것 같나요?"

말을 거듭할수록 제니엘라의 목소리가 높아졌다.

"당신은 아무것도 바꾸지 못해요. 당신이 지금 하는 행동은 나에게 있어서, 또 내가 향하게 될 미래에 있어서 아주 작은 헤 프닝일 뿐이죠. 뭐, 그 영향력 없는 헤프닝을 함께 즐기는 것 도 나쁘지는 않을 것 같지만……."

제니엘라의 시선이 이성민에게 슬쩍 향했다.

"그만두죠. 나는 이 저택이 마음에 들고, 정원을 아끼고 있 으니까. 괜한 소란으로 수백 년 동안 내가 살아온 나의 집을 부수고 싶지 않네요."

"이 저택을 부순다면 그대를 분노하게 할 수 있겠군."

"그런 일은 절대로 일어나지 않아요."

제니엘라가 이를 드러내며 웃었다.

"서로 무의미한 행동으로 자극하는 것은 그만두죠. 나는 당 신들이 왜 이곳에 온 것인지 잘 알고 있어요. 그리고 내가 무 슨 행동을 해야 하는지도 알고 있죠. 물론, 내 말을 믿는 것은 당신들의 선택이겠지만요."

"순순히 말해주겠다는 뜻인가?"

"그럴 생각인데요? 나는 사실을 말할 것이지만 맹세는 하지 않겠어요. 내가 그래야 할 이유가 없으니까."

타악.

제니엘라가 와인잔을 내려놓았다.

"어차피 그리 머지않아 징조가 나타날 거예요. 남쪽에서 첫 번째. 흑룡협, 너는 실수했어. 아니…… 애초에 그럴 수밖에 없었나? 불쌍한 반인반룡. 무엇 하나 자신이 주도하지 못하고서, 무신과 천외천의 꼭두각시처럼 부려졌지."

빙글거리며 웃는 제니엘라의 말에 흑룡협의 말문이 막혔다. 그는 더듬거리며 말을 이었다.

"……실수?"

"너는 김종현을 막는 것이 아니라 그를 죽였어야 했어."

한참을 웃던 제니엘라가 와인잔을 입으로 가져갔다. 붉은 액체를 반쯤 들이키고서, 제니엘라가 즐거운 목소리로 말을 이었다.

"의도된 너희의 실수 덕에 김종현은 남쪽에서의 첫 번째 재앙이 되겠지. 이미 그는 재앙으로서 움직이고 있어. 조용히, 곧 폭발적으로."

"……김종현이 종언입니까?"

이성민의 질문에 제니엘라가 큰 소리로 웃었다.

"김종현 따위가?"

제니엘라의 웃음이 뚝 멈추었다.

"말했을 텐데요? 그는 첫 번째예요."

제니엘라의 손가락이 하나 들렸다.

"종언으로 향하는 재앙의 첫 번째."

송곳니를 보이며 웃는 제니엘라의 미소는 섬뜩하기 짝이 없었다.

첫 번째.

강조하듯이 힘을 준 말은 이성민을 비롯한 모두를 침묵하게 만들기에 충분했다.

종언이라는 것에 그다지 관심을 두고 있지 않던 사마련주조차도, 지금 제니엘라가 하는 말은 쉬이 넘기지 못했다.

[첫 번째.]

허주도 이성민의 머릿속에서 중얼거렸다. 제니엘라는 '종언'에 대해 언급했다. 하지만 종언의 사도는 개입해 오지 않는다.

"그렇게 쉽게 말해도 되는 겁니까?"

"근본적인 이야기를 말한 것은 아니니까 상관없어요. 게다가 이미 종언은 시작되었고."

이성민의 질문에 제니엘라가 빙긋 웃으며 대답했다.

그 대답 속에서 제니엘라는 이성민이 '종언'에 대해 제대로 이해하고 있음을 알 수 있었다.

그것은 그녀의 흥미를 유발하기에 충분했다. 직시의 마안으로도, 미래안으로도 볼 수 없는 인간.

거기에 종언에 대해서도 확실히 이해하고 있잖은가.

"김종현이라."

사마련주가 입을 열었다.

"그 흑마법사에 대해서는 본좌도 알고 있다. 북쪽의 마왕. 토벌이 이루어졌던 숲에서 대충 어떤 일이 일어난 것인지도 알지."

"그 건에 대해서는 제가 자세하게 설명해 드릴 수 있을 것 같네요."

"그대가 그리 말하는 것을 본다면, 지금 와서 우리가 그를 막을 수는 없다는 뜻인가?"

"이 정도의 정보로는 아무것도 할 수 없다는 뜻이죠."

그 대답에 사마련주가 낮은 웃음을 흘렸다. 정보. 그 칼자루를 쥐고 있는 것은 제니엘라였다.

사마련주 본인도 잘 알고 있었다.

그가 아무리 강하다고 해도 제니엘라를 상대로 힘으로 압박하여 정보를 뜯어낼 수는 없다.

흑룡협을 상대로는 그것이 가능했지만, 제니엘라에게는 불가능하다. 제압도, 죽이는 것도 불가능한 상대니까.

"그렇다면 말해보게."

"수천 명의 심장과 혼과 공포를 모아서 펼친, 그리모어의 의식. 북쪽에서 김종현이 벌였던 그 의식은 그를 마왕으로 반전시키는 의식이었죠."

"맙소사."

제니엘라의 말에 스칼렛이 중얼거렸다. 사마련주와 이성민은 마법에 대해서는 문외한이었지만, 스칼렛에게는 아니다. 그녀는 제니엘라의 말을 이해했기에 얼굴이 하얗게 질렸다.

"인간을 마왕으로 반전시킨다니…… 그게 가능할 리가."

"가능하지. 그리모어의 마법은 인간의 마법이 아니니까. 마법사 길드가 파악하고 있는지는 나도 모르겠지만, 그리모어는 마왕의 마도서야. 마왕을 위한 마법들이 준비되어 있지."

"그렇다면 더욱 모순 아닌가요? 마왕의 마도서, 마왕을 위한 마법이 준비되어 있다면서…… 왜 인간을 마왕으로 반전시키는 마법이 있다는 것이죠?"

"그러기 위해서, 가 아닐까?"

스칼렛의 질문에 제니엘라가 활짝 웃었다.

"그리모어는 이 세상의 '어떤' 인간을 마왕으로 반전시키고, 마왕이 되어버린 인간이 마왕으로서의 마법을 사용하기 위한 마법들이 기록되어 있는 거야. 그렇게 본다면…… 단순한 마도서라기보다는 성장을 위한 지침서, 학습서라고 봐야 하는 편이 낫겠네."

"대체 누가 그런 마도서를 만들었다는 건가요……?!"

"그건 나도 모르지. 사실 그게 중요한 것은 아니잖아? 아르베스는 그리모어를 가졌음에도 그 마법을 사용할 수가 없었지만, 김종현은 사용할 수 있었어. 그는 인간 중에서도 특별했으니까."

"의식은 실패했을 텐데."

흑룡협이 중얼거렸다. 다 완성된 의식을 망친 것은 다름 아닌 그였다. 영매가 흑룡협에게 지령을 내렸었다. 토벌이 진행되는 숲으로 가서 김종현을 막으라고.

'영매는 죽이라는 말은 하지 않았다……'

죽여야 했다면, 여지를 두지 않고서 '죽이'라고 명령했을 것이다.

하지만 영매는 그렇게 명령하지 않았다. 제니엘라가 했던 말이…… 끈적거리며 귓가에 달라붙는다.

꼭두각시. 그것을 생각하자 흑룡협은 오싹하고 소름이 돋는 것을 느꼈다.

"맞아, 의식은 실패했지. 김종현은 완전한 마왕이 되지는 못했어."

"그게 뭐가 문제라는 겁니까?"

이성민이 질문했다. 실패했다면 그것으로 끝 아닌가. 김종현을 죽이지는 못했다지만, 흑룡협은 김종현의 의식을 방해하고 그를 실패하게 만들었다.

"마왕은 이 세상에 존재할 수가 없어. 정령의 여왕이 이 세상에 존재하지 못하고 정령계에서 살아가고, 요정의 여왕이 자신의 영역인 요정의 숲에서 나오지 못하는 것에는 이유가 있지. 이것은 아주 오랜 약속이야."

오랜 약속. 오슬라에게 들었던 말이다.

"그들과 같은 진정한 의미의 초월자는 이 세상에 강림해서는 안 돼. 어느 정도의 간섭은 가능하지만 현신해서는 안 되는 것이지. 김종현의 의식이 성공하여 그가 완전한 마왕으로 반전하였다면, 그는 마왕이 된 순간 에리아에서 추방되었을 거야."

제니엘라가 높은 소리로 웃었다.

"하지만 그의 의식은 실패했지. 그는 반쯤 마왕으로 반전하는 것에는 성공하였지만, 완전한 마왕이 되지는 못했어. 이게 무엇을 의미하는 걸까? 이 세상에서 추방되지 않고, 마왕의 힘을 누릴 수 있게 되었다는 거야."

"······맙소사."

"천외천은 왜 너에게 그런 명령을 했을까? 김종현이 천외천에 방해되어서? 만약 그랬다면 김종현의 의식을 방해할 필요는 없었어. 누가 토벌할 것도 없이, 마왕이 되는 것에 성공했다면 즉시 에리아에서 추방되어 마계로 전이되었을 테니까."

흑룡협의 어깨가 덜덜 떨렸다.

"천외천. 너희에 대해서는 나도 안다. 후후······ 후후후! 그 오만한 이상론자들. 우물 속의 개구리들. 영문도 모르고 쳇바퀴를 돌리는 쥐새끼······ 후후! 천외천과 프레데터가 대등하다고 생각해? 고작해야 일백 년을 간신히 사는 인간들, 그중에서 유별나고 뛰어나 간신히 수백 년의 수명을 얻은 것이 무신과 육존자였지. 평생을 바쳐 간신히, 인외와 동등한 수명을 얻게 된 너의 열 명도 안 되는 버러지들을 우리가 두려워하고 경계하여 내버려 두었다고 생각해?"

제니엘라가 높은 목소리로 웃었다.

"그래야 하니까 내버려 두었던 거야. 너희는 프레데터의 자비로 인하여 존재를 연명하고 있었지. 하지만 머지않았구나. 우리 포식자의 자비가 끝날 날이 머지않았어. 남쪽의 재앙은, 인간에서 비롯된 우리 괴물들이 왜 스스로를 프레데터라 칭하였는지 알리는 효시가 될 거야."

"무슨 일을 벌일 셈인가?"

"무슨 일을 벌이는 것은 내가 아니에요. 김종현과 볼란데르지."

"볼란데르……!"

제니엘라의 말에 이성민의 눈이 크게 떠졌다. 그래, 남쪽. 남서해의 바다. 무역로로 쓰이는 그 바다를 떠도는 유령선.

우연한 기회로 이성민도 그들과 만난 적이 있다. 수백의 데스나이트들과 그를 이끄는 데스나이트의 단장. 볼란데르 에브레일.

"김종현은 볼란데르와 수백 데스나이트들이 간절히 바라는 것을 줄 수 있었지. 반쯤 마왕이 된 그는 마왕의 권능을 사용할 수 있게 되었거든. 그들의 비원이 무엇인지 알아?"

"인간이 되는 것."

이성민이 대답했다. 그 대답에 제니엘라는 흐뭇한 미소를 지으며 머리를 끄덕거렸다.

"그 비원을 위해서라면 볼란데르와 데스나이트들은 이 세상 그 어떤 군대보다 끔찍한 살육을 자비 없이 행할 거야. 남쪽에서 죽음의 군세가 발호한다. 그래, 이게 첫 번째 재앙이지. 수많은 사람이 죽을 것이고 그 시체는 모조리 언데드가 되어 일어설 거야."

"그게 첫 번째라면, 두 번째는 뭔가?"

제니엘라의 말에 사마련주가 질문했다. 그 질문에 제니엘라는 대답 없이 웃기만 했다.

"안타깝게도. 그에 대한 답은 저도 할 수 없어요. 아, 착각하지는 마요. 알고서 모르는 척하는 것은 아니니까. 나라고 해서 모든 미래를 아는 것은 아니거든요."

"학살포식."

사마련주가 입을 열었다.

"학살포식의 소문은 수백 년 전부터 떠돌았지. 누구도 그 모습을 본 적이 없는데도 말이다. 그대인가?"

"네, 맞아요. 나는 학살포식이 출현하는 미래를 보았죠. 그게 대체 누구인지는 알 수 없었지만."

"그대가 바라는 미래가 무엇인지는 알겠군. 학살포식을 기다리는 건가?"

대답할 가치가 없는 질문이었다. 배시시 웃는 제니엘라의 모습을 보며 사마련주가 헛웃음을 흘렸다.

그는 머리를 가로저으며 이해할 수 없다는 목소리로 질문했다.

"종언은 모든 것의 끝이라고 했다. 학살포식의 출현은 종언인가? 그 또한 재앙이라는 건가? 김종현이 첫 번째 재앙이듯 말이야."

"그건 저도 알 수가 없죠. 제가 본 미래는 단편적이니까요. 제가 말할 수 있는 건…… 제가 본 마지막 미래는 학살포식의 출현이었고, 제 모든 행동과 프레데터의 행동은 그 미래에 도달하기 위한 것이에요."

"알 수가 없군."

사마련주가 두 눈을 가늘게 뜨고서 중얼거렸다.

"학살포식의 출현을 바라고 있다. 그것은 이해했다. 그대의 모든 행동이 학살포식의 출현을 위해서라는 것도 알겠어. 하지만 왜 그 미래를 바라는 것이지? 그 미래에 무엇이 있는지 알고? 학살포식을 그대가 통제할 수 있다고 생각하나?"

"착각하지 마요. 나는 학살포식을 통제할 생각은 없어요. 모든 인외의 왕. 모든 것을 죽이고 먹어치우는 그 괴물을 직접

보고 싶다는 것. 그게 제가 그 미래를 바라는 이유의 전부죠."

"고작 그것만으로 재앙을 알고 있음에도 방조했다는 것인가?"

"네."

제니엘라가 환한 미소를 지으며 답했다.

그 말에 모두의 말문이 막혔다. 진정한 의미의 초월자. 그에 대해 말하면서 제니엘라는 요정의 여왕과 정령의 여왕 등을 언급했다.

마왕 역시 그들과 같은 격에 오른 존재라는 것일 터. 그들은 이 세상에 강림해서는 안 된다.

하지만…… 이성민은 어르무리에서의 일을 떠올렸다. 그때, 정령의 여왕은 일시적이기는 하나 틀림없이 강림했다.

"정령의 여왕이 이 세상에 강림했던 적이 있습니다만."

"오랜 약속을 스스로 어긴 것이에요. 저도 그 약속이 무엇인지 구체적으로 아는 것은 아니지만, 약속을 어기게 된 이상 그만한 대가가 치러지겠죠."

오슬라도 했던 말이다. 정령의 여왕이 한 행동은 계약 위반이라고.

그 계약이 무엇인지, 오랜 약속이 무엇인지. 지금의 이성민은 알 수가 없었다.

"확실히 알겠군."

사마련주가 입을 열었다.

"그대가 정상이 아니라는 것은 알겠어. 그리고…… 지금 그대가 이런 이야기들을 거리낌 없이 해주었다는 것은, 김종현이 재앙으로서 기능하는 것을 막을 수가 없다는 말이로군. 또한, 그 모든 것이 그대가 바라는 대로. 학살포식의 출현을 위한 포석이라는 것도 말이야."

"물론이죠."

"그렇다면 더 이상 그대와 대화를 나눌 필요는 없겠어."

"가려고요?"

제니엘라가 물었다. 그녀는 뭐라고 더 말을 하려 하였으나, 벌렸던 입으로 더 이상 말을 뱉지는 못했다.

그녀의 두 눈이 크게 띄어지고 벌렸던 입이 천천히 닫힌다.

조금의 침묵. 그 뒤에 제니엘라는 풋 하고 웃었다.

그런 제니엘라를 보던 사마련주의 동작이 멈칫 굳었다.

제니엘라가 사마련주의 머릿속에 대고 어떠한 말을 하고 있었다.

잠시 뒤에. 그는 천천히 머리를 끄덕거렸다.

"그런가?"

"갈 건가요?"

"그대가 본좌에게 말했다는 것은, 본좌에게 말한다고 해서 본좌의 행동이 변하지 않는다는 것을 알고 있기 때문이겠지."

"그렇죠. 아니, 어쩌면 바꿀 수 있을지도 모르겠지만. 내가 말해주는 것은, 당신이 어떤 행동을 하든 내가 진정으로 바라는 미래의 변수는 되지 않을 것이라 확신하기 때문이에요."

그 대답에 사마련주가 껄껄 웃었다. 그는 천천히 몸을 돌렸다.

제니엘라는 사마련주의 뒤를 따르는 이성민을 불러 세웠다.

"……아니, 아니에요."

멈춰 선 이성민을 향해, 제니엘라가 천천히 머리를 가로저었다.

"내가 당신을 보지 못했던 것에는 그럴 만한 이유가 있겠죠. 괜히 건드려서 변수를 만들고 싶지는 않아요."

"……무슨 말입니까?"

이성민의 질문에 제니엘라는 풋 하고 웃기만 했다.

사마련주는 빠르게 저택의 밖으로 나왔다. 마차는 더 이상 탈 수가 없었다. 좀비가 된 말들을 통제할 수는 없었기 때문이다.

사마련주는 예화에게 마차를 끌 만한 말들을 구해 오라 명령했다.

"흠."

잠시 무언가를 고민하던 사마련주는 흑룡협을 힐긋 보았다.

그와 눈이 마주친 흑룡협이 머리를 갸웃거린다.

딸칵.

사마련주가 가면을 벗었다. 그가 갑자기 가면을 벗는 것에 흑룡협과 이성민, 스칼렛이 의아한 표정을 지었다.

"억!"

외마디 비명을 지른 것은 흑룡협이었다.

대뜸 목을 잡힌 흑룡협의 몸이 뒤로 넘어갔다.

콰당탕!

흑룡협을 쓰러뜨린 사마련주는 주저 없이 그의 손가락을 들어 그의 혈도를 점했다. 점혈 된 흑룡협은 저항하지 못하고 그 상태로 뻣뻣하게 굳어 버렸다.

"맹세해라."

사마련주가 흑룡협을 내려보며 말했다.

"절대로 본좌의 제자를 배신하지 않겠다고. 본좌의 제자를 적으로 돌리지 않겠다고 맹세해라. 아니, 적색 마탑주와 예화를 해하지 않겠다고 맹세하라."

"잠, 깐…… 대체 무슨……?"

"안 하나?"

흑룡협은 당황한 표정으로 사마련주를 보았다. 무림맹에서도 그에게 제압된 적이 있었으나, 지금처럼 사마련주의 두 눈에 살기가 어려 있는 것은 흑룡협이나 이성민도 처음 보는 경우였다.

"갑자기 왜 그러시는 겁니까?"

이성민도 사마련주의 행동을 이해할 수가 없어서 그렇게 질문했다. 그 질문에, 사마련주는 대수롭지 않다는 듯이 대답했다.

"뱀파이어 퀸이 말하더군."

"예?"

"본좌가 죽는다고 말이야."

말의 내용과는 다르게, 사마련주의 어조는 평온하기 그지없었다.

사마련주의 어조는 평온했지만, 듣는 이들에게는 전혀 다르게 받아들여졌다.

특히나 이성민의 입은 크게 벌어질 수밖에 없었다.

제니엘라에게 들었다고 했다. 미래를 보는 마안을 가진 제니엘라가, 사마련주에게 직접 그의 죽음에 대해 말한 것이다.

이성민은 저택을 나서기 전, 사마련주와 제니엘라가 나누었던 대화에 대해 떠올렸다.

"스승님이…… 왜 죽는다는 것입니까?"

"그에 대해서는 그녀도 알려주지 않더군. 심술궂은 여자야."

사마련주는 그렇게 투덜거리면서 흑룡협의 목을 잡은 손에 힘을 꽉 주었다. 그는 살기를 담은 눈을 빛내며 흑룡협을 내려보았다.

"그러니 맹세하란 말이다. 본좌가 죽는다면 너를 통제할 수단이 없으니까."

"잠…… 깐! 아무리 그렇다고 하지만, 이건 너무 과격한……."

"진정으로 과격한 것이 무엇인지 보여주길 원하나? 사실 너에게 맹세를 받을 필요는 없다. 너를 이곳에서 죽이는 것이 여러모로 훨씬 편하고 쉬운 방법이지. 본좌가 그렇게 해주기를 원하나?"

"그, 그건……."

"그래도 이곳까지 오는 몇 달의 여정 동안 나름의 정이 들었기에, 너에게 맹세하라고 권하는 것이다. 네가 정 맹세를 하지 않는다고 고집을 부린다면, 네 존재가 귀찮아지기 전에 처리해 두는 수밖에 없지. 그래. 몇 달의 정이 있으니 죽이지는 않으마. 대신에 네 단전을 폐하고 팔다리를 자르도록 하지. 그건 어떤가?"

그렇게 말하는 사마련주의 두 눈은 진심이었다.

흑룡협은 꿀꺽 침을 삼켰다. 머뭇거리는 흑룡협을 향해 사마련주가 계속해서 말했다.

"잘 생각해라. 어차피 너는 무신에게 돌아갈 수가 없다. 강압적이었다고는 해도 너는 무신을 배신했으니까. 네가 돌아가 용서를 빈다면 무신이 자비롭게 너를 용서해 줄 것 같은가?"

그 말에 흑룡협은 진지하게 고민해 보았다. 그가 아는 무신에 대해. 그는 딱히 잔혹하다고 할 만한 성품의 소유자는 아니었으나, 아무리 생각해 보아도 배신자에게 관대할 것 같지는 않았다. 설사 죽지는 않는다고 해도 그만한 대가를 치를 것은 틀림없어 보였다.

"나…… 나보고 어쩌라는 것이오? 사마련주. 당신이 죽을지도 모른다고 하지 않았소. 당신이 죽는다면 누가 나를 보호해 준단 말이오?"

"본좌의 제자가 너를 보호할 것이다."

"빌어 처먹을. 말도 안 되는 소리 하지 마시오. 나보다 약한 귀창이 어찌 나를 보호할 수 있단 말이오?"

"아니. 말도 안 되는 소리가 아니다. 본좌의 제자는 너를 보호할 수 있다. 본좌의 제자가 무신을 막을 것이다. 그래야 하는 상황이 된다면 말이지."

솔직히, 이성민도 사마련주의 말을 이해할 수는 없었다.

사마련주의 도움으로 흑뢰번천에 많은 진전이 있기는 하였으나, 아직의 이성민은 흑룡협이나 창왕을 상대로 하여 승리를 장담할 수가 없었다. 하지만 지금의 사마련주에게 그것을 말할 수는 없었다.

"선택해라. 맹세하던가, 맹세를 거부하고 이곳에서 병신이 되던가."

"제기랄!"

자신이 뱉은 말을 이행하듯, 사마련주는 흑룡협의 어깨를 잡았다.

강인한 악력이 흑룡협의 뼈와 근육을 짓눌렀다. 흑룡협은 욕설을 내뱉으며 두 눈을 질끈 감았다.

"맹세, 맹세하겠소. 나, 레곤은 절대로 이성민과 스칼렛 레시르, 연화를 배신하지 않겠소. 절대로 그들에게 위해를 가하지 않겠소!"

"됐다."

흑룡협의 외침에 사마련주는 머리를 끄덕거렸다. 그는 흑룡협의 혈도를 풀고서 몸을 일으켰다.

초월지경의 고수라고 해도 스스로의 이름과 마나와 내공을 건 맹세를 거역할 수는 없다.

저 약속은 이 세상의 법칙 중 하나였고, 맹세를 어긴다면 스스로 죽게 될 뿐이다.

흑룡협은 처절하게 몰락한 자신의 처지를 비관하며 양손으로 얼굴을 감싸 쥐었다.

"……죽는다니."

흑룡협의 맹세가 끝나고 나서야 이성민은 멍한 목소리로 중얼거렸다.

믿을 수 없었다. 그가 여태까지 보아 온 사마련주라는 무인은, 이 세상에서 가장 강력한 힘을 가진, 절대로 무너질 리가 없는 거대한 산과 같은 인물이었다.

프레데터의 실질적인 수장인 혈혹의 제니엘라마저도 사마련주와의 싸움을 바라지 않고 있었고, 허주 또한 사마련주의 힘을 인정하지 않나.

그런데 그가 죽는다니. 이성민은 도저히 사마련주의 죽음을 그릴 수가 없었다. 사마련주는 이성민을 힐긋 보며 말했다.

"표정이 왜 그러냐. 본좌가 죽는다니까 우울함이라도 느끼는 것이냐?"

"어찌 그렇게 평온하신 겁니까?"

"사람은 언젠가 죽는다. 당연한 일이고 당장 있을 일도 아닌데 우울함을 느낄 필요가 있느냐?"

"하지만……!"

"본좌는 후회 없이 살았다."

사마련주가 손을 들어 올리는 것으로 이성민의 말을 막았다.

"여태까지 그러했고, 앞으로도 그럴 것이다. 죽음은 필연적인 것이지만 본좌가 죽을 때와 자리는 본좌가 선택할 것이다. 그러니, 본좌에게 다른 말은 하지 마라."

"하지만 스승님……."

"뱀파이어 퀸이 말하지 않았나. 그녀는 본좌의 죽음을 예고했고, 자신의 말이 본좌의 행동에 제약을 두지 않을 것임을 알고 있었다. 맞는 말이다. 본좌는 동요하지 않는다. 언젠가 죽을 것임은 알고 있으니까."

스칼렛은 말없이 사마련주를 보았다.

그녀는 여정 도중의 마차에서, 사마련주가 은밀하게 자신에게 해온 부탁을 떠올렸다.

그 부탁은 들어주었다. 크게 어려운 일은 아니었기 때문이다. 지금 와서 생각해 보면…… 제니엘라가 미래에 대해 말할 것도 없이.

사마련주는 자신이 머지않아 죽게 될 것임을 이미 알고 있던 것만 같았다.

'과한 생각일지도 모르지만.'

스칼렛은 그렇게 생각하면서 한숨을 삼켰다.

"무당으로 간다."

사마련주가 입을 열었다.

"무당의 검선과 이야기를 해봐야겠다. 또, 그곳에는 마법사 길드장이 있을지도 모르니까. 아직 그곳에 있을지는 모르겠다만…… 만약 있다면 검사검사 이야기를 나누어 보면 되겠지."

"요정마를 탑니까?"

"아니. 타지 않는다. 남은 기회는 한 번인데 그것을 이런 일로 날려서는 안 된다고 생각한다."

사마련주가 머리를 가로저으며 대답했다.

"예화에게는 이 일에 대해 말하지 마라."

사마련주가 마차에 오르며 말했다.

사마련주를 부모라 생각하는 예화는, 그가 죽을지도 모른 다는 것을 알면 발작을 보일 것이다.

나는? 이성민은 조용히 사마련주를 따라 마차에 올랐다.

그를 부모라고 여기는 것은 아니다. 하지만 스승으로는 여기고 있다. 그를 존경하고 있다. 그에게 여러모로 도움을 받았기 때문에 감사를 느끼고 있다.

그런데. 그의 죽음을 지켜만 봐야 하는가?

"쓸데없는 생각 하지 마라."

이성민이 뭐라 말을 하기도 전이었다. 사마련주가 그렇게 말했다.

"본좌가 선택한다고 하지 않았느냐. 그리고, 본좌는 제니엘라가 보는 미래를 믿지는 않는다. 미래가 정해져 있다는 것을 도저히 받아들일 수가 없거든. 상황과 조건이 갖추어진다면 절대로 어긋나지 않는다고 했지만, 변수는 충분히 있다고 본다."

"그렇다면……."

"본좌는 그녀가 본 미래를 부정해 볼 생각이다."

사마련주가 가면을 다시 쓰면서 웃었다.

"꽤 재미있을 것 같지 않으냐?"

설렘과 즐거움이 담긴 목소리였다.

이렇게 긴 시간 동안 배를 타는 것은 처음이었다.

내심, 그런 생각을 하기도 했다. 어쩌면 나에겐 뱃멀미가 있는 것이 아닐까. 여태까지 제대로 배를 탄 적이 없었으니까, 막상 배를 타고서 그 위에서 생활하다 보면 뱃멀미로 고생하는 것이 아닐까.

만약 그렇다면 제법 재미있을 것 같았다. 뱃멀미라는 것은 스스로 생각하기에도 자기 자신과 어울리지 않았고, 그런 것으로 고생하는 경험은 흔하지 않을 테니까.

뱃멀미는 없었다. 김종현은 그것이 조금 아쉬웠다. 뱃멀미라는 것은 타고나는 것이지 억지로 갖고 싶어도 가질 수 있는 것은 아니지 않나.

사실 타고났다고 해서 즐길 만할 거리도 아니기는 했지만. 조금의 아쉬움을 느끼는 것은 어쩔 수가 없었다.

"자아, 그럼."

그런 무의미한 사색을 즐기는 동안에 준비가 끝났다. 김종현은 천천히 몸을 일으켰다. 그는 볼란데르의 유령선에서 벌써 반년이 넘는 시간을 보내고 있었다.

이 유령선에서 함께하는 데스나이트들은 다행스럽게도 성격이 급하지도 않았고, 몰상식하지도 않았다.

'충분한 준비가 필요하다'라는 김종현의 말에, 그들은 인간으로 돌아가는 것을 재촉하지 않고 수개월의 기다림에 동참해 주었다.

그들에게 있어서 그 정도의 기다림은 기다림이라고 할 수도 없는 것이었다. 덕분에 김종현은 수백의 데스나이트들의 호위를 받으며 편안한 생활을 즐길 수가 있었다.

굳이 바다 위, 아니, 이 유령선 위에서 지내던 것에는 그만한 이유가 있었다.

제니엘라가 볼란데르와의 거래를 부추기기도 했지만, 김종현도 본래부터 볼란데르를 염두에 두고 있기는 했다.

아르베스는 김종현의 모략에 의해 소멸되었다. 요괴 두령이었던 적귀는 어르무리의 야나에게 심장이 뽑혔고, 그 이후로 요괴 두령 자리는 쭉 공석이었다.

라이칸슬로프의 왕 주원은 김종현이 통제할 수가 없는 상대였다. 오랜 세월이 지나 권태에 찌든 그는, 예전에 광랑이라고 불렸을 때와 같은 포악함과 단순함이 없게 되었다.

사실 주원의 그런 성향을 떠나서, 김종현이 주원에게 접근하지 않은 것은. 주원에게 그 무엇도 제시할 수 없기 때문이었고, 주원과 제니엘라 사이에 모종의 관계가 있다는 것을 알았기 때문이었다.

'제니엘라는 건드려서는 안 돼.'

미래를 보는 것뿐만이 아니다. 김종현은 제니엘라의 힘을 감당할 자신이 없었다.

결국 남게 되는 것은 데스나이트 기사단의 단장인 볼란데르 뿐. 사실 볼란데르야말로 김종현이 다룰 수 있는 가장 적합한 상대였다.

인간이 되기를 갈망하는 그들은 김종현의 말에 복종할 수밖에 없다.

효율적으로 다룰 수 있다는 것 외에도. 김종현이 볼란데르를 찾아온 것은 그만한 이유가 있었다.

그것은 수개월 동안 육지로 나가지 않고, 이 망망대해를 떠돈 것과 같은 이유다.

데스나이트는 다른 언데드들과 사정이 다르다. 그들은 육체를 잃고, 혼을 매개로 하여 아스트랄 바디를 구성하여 그 위에 갑옷을 덧입었다.

사실 그것은 리치도 마찬가지였으나, 리치와 데스나이트의 가장 크면서 근본적인 차이는, 스스로 그리 되는 것을 바라였던 리치와는 다르게 데스나이트는 저주를 받아, 혹은 완전히 타락해 버린 존재라는 것이다.

하지만 볼란데르가 이끄는 데스나이트 군단은 타락한 기사들이 아닌, 저주받은 기사들이었다.

흔하지는 않지만 드물게는 일어나는 일이다. 흑마법의 타깃이 된 기사가 저주를 받아 데스나이트가 되는 것. 혹은 비상식이 상식처럼 일어나는 던전에서 저주를 받거나, 저주를 받은 무기 따위를 사용하여 선택권 없이 데스나이트의 계약을 강제로 맺는 경우 말이다.

그런 데스나이트가 수백이 함께 모여 있는 것은 김종현에게 있어서 굉장히 매력적인 일이었다.

수백의 데스 나이트와 강력한 힘을 가진 볼란데르가 발하는 어마어마한 사기(死氣). 김종현이 관심을 가진 것은 그것이었다.

'되었다.'

김종현은 흐뭇한 얼굴로 바닥에 그린 마법진을 내려다보았다.

유령선 주변을 가득 메우고 있는 사기를 끌어모으는 마법진이다. 데스나이트들이 발하는 죽음의 기운은 저항력이 낮은 이들이라면 호흡하는 것만으로도 절명할 수 있게 만들 정도로 진하다.

김종현은 사기를 크게 흡입하면서 그리모어를 펼쳤다.

데스나이트가 발하는 사기는 질 나쁜 마왕의 힘이다. 저들에게 저주를 내린 마왕의 힘이, 저들의 아스트랄 바디를 구성하고서 격이 떨어져 사기가 되었다.

그렇다고는 하나 그 근원은 결국 마왕이다. 김종현은 아랫입술을 한 번 핥은 뒤에 그리모어에 의식을 집중했다.

마왕이 되어 보고자 하였으나, 실패했다. 더 이상 그는 반전의 권능을 사용할 수가 없다. 한 번 실패하였으니 더 이상 미련을 갖는 것은 아니다.

지금 그가 하고자 하는 것은, 이 불완전한 몸뚱이를 다시 마왕으로 바꾸려는 행위는 아니었다.

단순한 호기심이었다.

스르릇…… 스륵…….

죽음이 흐른다. 몇 달 동안 모아 온 사기가 응집되어 소용돌이친다.

김종현은 빙그레 웃었다.

마법은 실패하지 않는다. 이번에는 방해로 올 놈도 없거니와, 설사 방해가 들어온다고 해도.

볼란데르와 데스나이트들이 방패막이가 되어 줄 것이다.

그런 준비까지 갖추었으나 방해는 없었다.

마법은 예정했던 대로 완성되었고, 김종현의 앞에 시커먼 문이 나타났다.

그는 천천히 문을 향해 다가갔다.

마왕들과 연결되어 있는 죽음의 기운을 통해 마계로 이어지는 문을 열었다. 김종현이 손을 뻗어 열 필요도 없었다. 김종현의 앞에서 천천히 문이 열렸다.

　문 안으로 들어가려는 순간. 김종현의 걸음이 멈추었다.

　'들어오지 마라.'

　머릿속에서 그런 목소리가 들렸다.

　'들어가면 다시 돌아올 수 없다.'

　나지막한 경고에 김종현의 두 눈이 빛났다.

5장
무신

.

"왜 우리가 비켜줘야 하는 겁니까?"

투덜거리는 목소리에 주원은 머리를 들었다.

주원과 시선이 마주하자, 불만을 숨기지 않고 토로한 라이칸슬로프는 자신도 모르게 꿀꺽 침을 삼켰다.

그는 주원이 광랑이라 불리던 시절부터 그의 곁을 지켜 온 심복이었기에, 주원의 저 눈빛이 무엇을 의미하는 것인지 잘 알고 있었다.

지금이야 수백 년의 시간이 가져다준 권태에 흐려졌지만, 이전 라이칸슬로프의 두령인 호원이 살아 있을 적만 하여도 주원의 이름은 광랑이었다.

누구에게나 싸움을 거는 호전적인 난폭함을 가져서, 호원 외에는 그 누구도 말리거나 통제할 수 없는 괴물이 주원이었다.

지금 주원의 눈은 그가 광랑이었던 시절에 비추었던 빛을 그대로 담고 있었다.

심복은 긴장한 얼굴로 주원을 보았다. 저러한 눈빛을 보이고 있음에도 주원은 이전다운 행동을 보이지 않는다.

제니엘라의 부탁을 받아 그의 영역인 설원도 떠나 자리를 비켜 주었다. 심복은, 주원이 왜 제니엘라에게 그렇게까지 하는 것인지 도저히 이해를 할 수가 없었다.

그러면서도 그는 감히 주원에게 자신의 의문에 대해 질문하겠다는 생각도 품고 있지 못했다.

그 질문이 주원의 자존심을 상하게 하는 것이 아닐까 두려웠기 때문이었다.

"이유가 있겠지."

주원은 천천히 몸을 들었다. 설원까지의 거리는 멀었으나 그의 두 눈은, 그가 백 년 이상 거처로 삼아 온 설원을 그대로 담고 있었다.

그는 설원을 가로지르는 마차를 보았다.

마차.

그 안에서 느껴지는 강렬한 존재감이 주원의 가슴을 뛰게 하고 있었다.

제니엘라의 말만 없었어도 그는 설원에 남아 사마련주를 맞이했을 것이다.

호승심은 호원의 죽음과 기나긴 시간을 거쳐 한창 시절보다는 못하게 되었지만, 광랑에서 주원으로 이름이 바뀌었다 해도 아예 다른 존재가 되어버린 것은 아니다.

주원은 끓어오르는 전의(戰意)를 꾹 눌렀다.

바로 오늘 아침. 갑작스레 들은 말이기는 했지만, 제니엘라가 직접 찾아와 했던 말이다.

'당분간' 설원을 떠나 있으라고. 이곳에서 어떤 일이 벌어지든 절대로 관여하지 말라고.

"잘 참고 있네?"

키득거리는 웃음소리에 심복을 비롯한 다른 라이칸슬로프들이 모두 놀랐다.

주원은 놀라지 않았다. 그는 천천히 고개를 돌려 옆을 보았다.

멀지 않은 곳에서 제니엘라가 서 있었다. 그녀는 주원과 눈이 마주치자 치맛자락을 살짝 들어 올리며 살포시 웃었다.

"힘들지는 않아?"

"조금은."

"하지만 참아야 해. 당신까지 뛰어드는 것은 내가 본 미래에는 없는 장면이었거든."

"내가 참전하는 것이 변수로 작용할 수 있다는 것인가?"

"당신 정도의 힘을 가진 존재라면 당연히 변수가 될 수 있겠지. 나는 그런 것은 바라지 않아. 당신도 잘 알 텐데?"

주원은 대답하지 않았다. 제니엘라의 말은 그에게 있어서는 확인사살과도 같은 것이었다. 주원은 마음속의 충동과 바람을 꾹 눌러 삼켰다.

제니엘라는 두 눈을 빛내면서 주원의 곁에 다가와 함께 섰다.

"직접 싸우는 것보다 구경하는 것이 더 재미있을 수도 있는 법이잖아."

"나는 아닐 것 같은데."

"그래도 안 돼. 참아…… 참아야 해. 어차피 얼마 남지 않았잖아. 백 년 이상 참고 참은 것을 무의미하게 만들 셈이야?"

"네가 바라는 미래가 내가 바라는 미래인 것은 아니니까."

"섭섭한 말은 하지 말자."

제니엘라가 웃는 소리를 냈다. 그녀는 주원이 보고 있는 설원 방향을 바라보았다. 설원을 가로지르는 마차. 그리고 그 맞은편에서 달려오고 있는 한 인간을.

"그래도. 나름대로 '인간'으로서 정점에 오른 이들이 충돌하는 것이잖아? 보면 재미있을 거야."

제니엘라가 사마련주를 만나기 전에 보았던 미래의 장면 중 하나다.

그녀는 사마련주에게 이 장면에 대해서는 말하지 않았다. 그가 피할 것이라고 생각하지는 않지만, '우연한 만남'을 가장해 보고 싶었기 때문이었다.

제니엘라가 설렘을 담은 목소리로 말했다.

"나도 무신의 힘을 보는 것은 이번이 처음이거든."

흔들리는 마차 속에서, 사마련주는 가면을 벗었다. 맞은편에 앉아 골똘히 생각에 잠겨 있던 이성민은 갑자기 사마련주가 가면을 벗는 것에 놀랐다.

"오늘따라 자주 벗으시는데, 무슨 일입니까?"

"흠."

사마련주는 이성민의 질문에 대답하지 않았다. 그는 벗은 가면을 내려보다가 피식 웃으며 품 안에 집어넣었다.

"부탁했던 것을 잊지는 않았겠지?"

"잊은 적 없어요."

스칼렛이 대답했다. 스칼렛도 바보는 아니라, 사마련주가 갑자기 가면을 벗고 저런 말을 하는 것이 어떤 의미인지는 내심 짐작하였다.

그녀는 뻣뻣하게 굳은 얼굴로 사마련주를 보며 물었다.

"……설마."

"아니. 오늘은 아니다."

사마련주가 확신에 찬 목소리로 말했다. 그는 천천히 몸을 일으켰다. 이성민도 사마련주를 따라 벌떡 일어섰다.

"무슨 일입니까?"

"오늘은 아니야."

사마련주가 방금 했던 말과 똑같은 말을 한 번 더 중얼거렸다.

그래, 오늘은 아니다. 사마련주는 그것에 대해서는 커다란 확신을 가지고 있었다.

"그래도 말이야. 최소한의 경계 정도는 해주는 것이 예의겠지."

"대체 무슨……?"

"모르는 거냐."

이해할 수 없다는 표정을 짓는 이성민을 향해 사마련주가 큭큭 웃었다.

그렇게 말하는 사마련주의 표정을, 이성민은 이전에 본 적이 있었다.

무림맹이 있는 크론. 그곳을 습격하고 개방의 타구봉진을 맞설 때.

사마련주는 즐거움과 설렘을 동시에 느끼며 저런 표정을 지었었다.

비록 그 뒤에는 타구봉진이 생각보다 너무 쉬웠던지라 큰 실망을 느끼기도 했지만. 지금은 아직 실망감을 느끼기에는 너무 일렀다.

"알게 될 거다."

사마련주가 웃으며 말했다. 그 말대로였다.

쿠우우웅!

심적으로 압박해 오는 거대한 존재감에 이성민은 헉하고 숨을 삼켰다.

제니엘라의 존재감이 호흡을 멈추게 하고 정신을 미치게 하는 압도적인 공포였다면, 지금의 존재감은 감히 머리를 들 수 없게 만드는 패도적인 위압감이었다.

"이, 이건······."

강렬한 위압감 속에서 이성민은 급히 스칼렛의 손목을 잡았다.

그녀를 안정시키기 위함이었다. 하지만 이번에는 스칼렛도 대응을 준비하고 있던 탓에, 제니엘라의 존재감을 접했을 때와 마찬가지로 격한 반응을 보이지는 않았다.

마차가 멈췄다.

"예화가 고생이 많군."

사마련주는 그렇게 중얼거리며 마차의 문을 열었다. 흑룡협은 경악한 얼굴로 내뱉었다.

"이건······ 무신, 무신의 존재감인데. 설마······?!"

"맞다."

사마련주는 거짓 없이 머리를 끄덕거렸다.

"오랜 친구와 이런 곳에서 만나게 될 줄은 몰랐군."

마부석에 앉은 예화의 얼굴은 하얗게 질려 있었다. 이성민은 급히 사마련주를 따라 마차 밖으로 나왔다.

사마련주는 떨고 있는 예화의 어깨를 어루만지며 말했다.

"본좌가 너를 괜히 데리고 왔구나."

"아, 아닙니다……."

"들어가 있거라."

"스승님."

이성민이 사마련주의 어깨를 움켜잡았다. 무례한 행동임은 알았다.

사마련주에게 꼬박꼬박 말대꾸를 했던 적은 많았으나, 이런 식으로 그의 행동을 강제하려 했던 적은 단 한 번도 없었다.

하나 사마련주는 불쾌한 기색을 내비치지 않았다. 그의 두 눈은 기대감에 부푼 어린아이의 것처럼 순수했다.

"오늘은 아니라고 했다."

"하지만……!"

"말했을 텐데. 오늘은 아니다."

"……예?"

"본좌가 누울 자리를 선택하는 것은 하늘이 아닌 본좌 자신이다. 본좌가 죽게 된다면 하늘과 운명과 미래가 본좌를 죽이는 것이 아니라 본좌 자신이 본좌의 죽음을 바라고 택하는 것이다. 그리고, 다시 말하지만. 오늘은 아니다."

사마련주는 그렇게 말하며 어깨에 오른 이성민의 손을 밀어냈다.

"무신으로는 부족해."

그 말이 무슨 뜻인지에 대해서는 질문이 필요가 없었다.

질주하던 무신의 걸음이 멈추었다.

조금 놀라기는 했지만, 그 놀람이 무신이 주저할 이유는 되지 못했다.

그는 성큼성큼 마차를 향해 다가갔다.

설마 이곳 북쪽에서 사마련주와 마주하게 될 것임은 몰랐다. 아니, 오히려 잘 되었나.

본래는 북쪽에서 뱀파이어 퀸을 만난 뒤에 사마련주를 찾아갈 생각이었는데. 이렇게 되었으니 오히려 잘 되었다.

"사마련주."

"정 없게 그런 별호로 부르지 말지."

"우리 사이에 정이 있던가?"

"미운 정도 나름의 정 아니겠나?"

사마련주는 이성민을 뒤에 두고서 천천히 무신을 향해 다가갔다.

무신은 빙그레 웃는 사마련주의 얼굴을 보며 빠드득 이를 갈았다.

그러면서, 무신은 사마련주의 어깨 뒤편에 있는 이성민을 노려보았다.

"……귀창."

"실제로 보는 것은 처음인가? 하긴 그렇겠군. 본좌의 무능한 제자가 널 만났다면 진즉에 죽었을 테니까."

"……여러 가지로 악연이었지."

이성민을 진즉에 죽이지 않았던 것은 영매가 그래서는 안 된다고 말했기 때문이었다.

무신은 영매를 의심하지 않았기에, 귀창을 여태까지 살려두었다. 자세한 것은 모르겠지만 그럴 만한 이유가 있기 때문이라고 생각했기 때문이었다.

"진즉에 죽였어야 했다."

하지만 지금. 무신은 이성민은 먼저 죽이지 않은 것을 진심으로 후회하고 있었다.

권존과 검존의 죽음에는 안타까움을 느꼈으나, 그렇게 된 것 역시 영매의 뜻이라 생각하여 분노하지는 않았다.

하지만 암존의 죽음에는 분노한다.

무신은 냉혈한이 아니다. 암존이 진심으로 자신을 따르고 있다는 것.

인간이 아닌 괴물에게 딸을 잃은 암존의 원한은 깊이 이해하고 있었다. 암존의 무공은 검존보다도 못했지만, 그럼에도 무신은 암존을 검존보다 아꼈다. 암존에게 보법의 정수를 알려준 것이 바로 무신이었다.

"……백아(白牙)를 네가 가지고 있느냐?"

무신이 이성민을 노려보며 물었다. 이성민은 그 말을 이해하지 못했고, 무신이 고함을 질렀다.

"암존이 가지고 있던 백아 말이다! 미스틸테인이라고 말해야 알아듣겠느냐?!"

그제야 이성민은 암존이 자신을 찌르려고 했던 새하얀 송곳을 떠올렸다. 손잡이도 없던 길쭉한 송곳.

사실 그 질감은 송곳이라기보다는 날카롭게 깎아 낸 나뭇가지처럼 느껴졌었다.

'미스틸테인이라고?'

워낙에 유명한 무기였기 때문에, 이성민도 알고 있었다. 무신은 이성민의 표정을 통해, 암존에게 맡겨 두었던 백아가 이성민이 가지고 있음을 알아차렸다.

쿠르르릉!

무신을 중심으로 거대한 힘이 요동치기 시작했다.

"검존보다, 창왕보다, 월후보다 약했던 암존에게 백아를 맡겼던 것은. 내가 그만큼 암존을 아끼고 있다는 친애의 증거였다."

무신이 성큼성큼 걷기 시작했다.

"딸의 복수를 위해 나를 따라온 그는 천외천의 누구보다 진실적이고 맹목적이었다. 한데…… 그가 죽었구나. 평생을 바라 오던 세상을 두 눈으로 보지도 못하고서 죽어버렸어."

"그만."

무신의 분노를 마주하며, 사마련주가 입을 열었다. 그는 무신의 앞을 가로막으며 머리를 가로저었다.

"복수라는 시시한 것을 논하지는 말지. 그런 것을 논하기에는 피차 떳떳하지 않다는 것을 너도 알지 않나?"

"나는 너와 싸울 생각이 없었다."

무신은 사마련주를 노려보며 내뱉었다.

"네가 은거하는 동안에도 사마련을 크게 압박하지는 않았다. 하지만 너는 나의 존중을 짓밟았구나. 왜 무림맹을 습격했느냐? 왜 흑룡협을 납치하였나?"

"죽이지는 않았다. 흑룡협은 멀쩡히 마차 안에 있어. 하지만 네가 두려운 모양이라 나오지는 않는군."

"배신했나?"

"배신했으니까 지금까지 살아 있겠지."

사마련주의 대답에 무신의 어깨가 바르르 떨렸다.

"네가…… 나의 평생을 망치려 하는구나."

"네 평생은 그리 공을 들이지 않은 것 같다만."

"천외천이…… 무엇을 바라는지 아느냐?"

"끝을 막는 것."

"알면서도 그를 망치려 드는가!"

"서로가 똑같은 것을 바란다 하여도 수단이 다를 수도 있는 법 아닌가."

무신의 외침에 사마련주가 웃으며 답했다.

"인외의 말살이라는 터무니없는 이야기. 그래, 뭐 나름의 방법이 있다고는 들었다만…… 본좌는 사실 그 말을 믿지는 않아. 그렇기에 본좌는 끝을 막기를 바란다 하여도 네 방식에 동의하지 않는 것이다."

"닥쳐라."

"마침 잘되었군. 네가 본좌를 방해라 여긴다면, 본좌를 이곳에서 죽이면 되는 것 아니냐? 뭔지는 모르겠지만 네가 아끼는 물건이 본좌의 제자에게 있는 듯싶은데. 그를 다시 찾고 싶거든 본좌를 죽이고 제자를 죽여서 빼앗으면 되는 일이다."

"그래, 그것이 가장 쉽겠지."

파직.

사마련주의 어깨 언저리에서 검은 전류가 튀었다. 무신은 그것을 노려보며 힘 있는 목소리로 내뱉었다.

"그래서 그럴 생각이다."

"다 좋은데, 말 하나가 틀렸군."

사마련주가 빙긋 웃었다.

"가장 쉽지는 않을 거야."

무신의 모습이 사라졌다. 사마련주는 동요하지 않고 양손을 들어 올렸다.

"가장 어려운 것이지."

빠지지직!

굉음과 함께 천지가 빛으로 뒤덮였다.

자신에게 향한 것이 아님에도 이성민은 확실한 죽음의 예감을 느꼈다.

그는 놀라 뒤로 물러섰다.

콰아앙!

굉음 뒤에 이어진 폭발음이 공간을 뒤흔들었다. 직격한 것도 튀겨 스쳐나간 것도 아니다.

단지 이 공간에 그 충돌이 있었다는 것만으로도 공간이 박살 났다.

솟구친 대지의 파편은 덩어리가 되었다가 순식간에 파괴되어 얇은 모래알이 되었다. 북쪽의 거센 바람은 수억 개의 모래알을 휘감아 거대한 모래폭풍이 되었다.

그 중앙에 사마련주가 서 있었다. 전신에 검은 번개를 두른 그는 인간이 아닌 뇌신처럼 보였다.

무신의 모습은 보이지 않는다. 이성민의 눈이 보기에는 그랬다.

사마련주는 무신의 움직임을 보았다. 아니, 느꼈다. 무신은 박살 난 공간의 파편을 밟으며 달리고 있었다.

인간의 영역에 선 자들이라면 인지조차 할 수 없는, 박살 난 공간의 파편이 그의 발판이 되어 있었다.

떨어져 흩어지고 소멸할, 파편과 파편을 밟아 달리는 무신의 존재감은 옅었다.

암존의 보법. 그것의 원류가 바로 무신이다. 그의 움직임은 정말로 유령처럼 흐릿하였다.

사마련주의 몸이 붕 떠올랐다.

그 순간에 무신이 다시 도약했다.

쇄도하여 날리는 일권은 산조차 일격에 붕괴시킬 만한 거력이 담겨 있었다. 그 힘은 흩어지는 일 없이 노리는 한 점으로 날아간다.

뒷짐을 지고 있는 사마련주의 손이 풀린다. 널찍한 소매가 크게 펄럭거렸다. 허리를 꺾으며 날린 손은 채찍만큼이나 유연했다.

꽈앙!

사방으로 힘이 퍼져 나간다.

둘 중 그 누구도 밀려나지 않는다. 무신의 어깨 언저리에서 시퍼런 빛이 일렁거렸다.

푸확!

터져나간 힘은 수백 개의 강기 다발이 되어 사마련주를 덮쳤다.

사마련주는 휘두르지 않은 왼손을 들었다. 뻗어 지른 일장이 대기를 찢어놓았다.

신기루처럼 일렁거리다가 뇌광이 터진다. 강기 다발과 번개가 충돌하여 소멸했다.

나눈 몇 초의 공방은 몇백 년 만에 만난 지인에게 나누는 인사와 같은 것이었다. 고작 이것만으로 서로의 수준을 파악하고 누가 우위에 서는가를 알게 되었다면 서로가 서로에게 실망했을 것이다.

무신은 실망하지 않았고, 사마련주도 실망하지 않았다.

아직. 그래, 아직까지는. 사마련주의 안광이 빛을 뿜었다. 좀처럼 사용하지 않았던 흑뢰번천의 정수가 그의 전신을 채웠다.

전신이 단전이 되었다. 그를 통해 펼치는 무공은 이 세상 그 무엇보다 빠르다.

사마련주는 빠름이라는 개념 자체가 되었다. 무신이 공간의 파편을 밟아 달렸다면 사마련주의 신형은 공간을 꿰뚫었다.

순식간에 거리가 좁혀왔음에도 무신은 당황하지 않았다. 그는 진심으로 사마련주를 이곳에서 죽일 생각이었다.

함께 힘을 합할 수가 없다면 사마련주의 존재는 무신에게 있어서 거대한 방해에 지나지 않는다. 무신의 쌍장이 앞으로 향하자 거대한 힘이 파도가 되어 사마련주를 덮쳤다.

"핫."

사마련주가 뱉은 것은 짤막한 웃음이었다.

쿠르르릉!

그가 주먹을 쥐었을 때 뇌명이 울렸다. 주먹을 들었을 때 뇌광이 번쩍였다.

주먹을 쏘았을 때에는 모조리 분쇄되었다. 시커먼 번개줄기는 깊고 크게 자신의 존재를 세상에 새겨놓았다.

무신의 장력이 형태를 잃었다. 무신의 눈썹이 찡그려졌다. 그는 당황 없이 물러서며 다음 수법을 준비했다.

둘이 펼치는 공방은 일초를 수백 개로 쪼갠 것 같은 찰나에 이루어졌으나 무신과 사마련주, 둘 중 누구도 그 짧은 시간에 쫓기지는 않았다.

오히려 시간의 흐름이 그들의 동작을 쫓아가는 것을 버겁게 여기는 것만 같았다.

움직이는 무신의 양손에 어린 것은 천재(天災)의 힘이었다.

높이 들어 올린 양손을 아래로 내리찍는다.

꽈아아앙!

대지가 통째로 주저앉는다. 위를 우러르는 만물에게 굴복을 강요한다.

사마련주의 신형은 휘청거리지 않는다. 무신이 공간을 압박할 때에 이미 그는 공간을 도약했다.

혹뢰번천의 질풍신뢰는 마음먹고자 한다면 세상 그 무엇보다 빠르다.

공간에 대한 간섭이 초월지경의 심득이라면, 그를 어떻게 심화하느냐가 초월지경의 격을 가른다.

무신과 사마련주는 그러한 영역조차도 오래전에 지나 있었다.

키이잉!

무신 주변 공간이 일렁거린다. 질풍신뢰로 무신의 뒤를 잡은 사마련주의 일장은 무신의 몸을 박살 냈다.

푸확 하고 튀기는 피와 장기의 파편 속에서, 사마련주는 이것이 거짓임을 간파했다.

"여전히 눈속임을 즐기나?"

사마련주가 웃으며 말했다. 각종 무공을 두루 섭렵한 무신이 특히나 즐기는 것이 환술(幻術)이다.

환술이라 해서 우습게 보면 안 된다. 공간에 완전히 간섭하는 이상 저것은 환술이 아닌 왜곡된 현실과 사실이 된다.

추락하던 무신의 시체가 사라진다. 사마련주가 양팔을 들었다. 자그마한 빛이 그의 손바닥을 휘감았다.

그는 이성민과 마차와의 거리를 가늠해 보았다. 흩어지는 힘이 없도록 조율은 제대로 하고 있었지만, 눈먼 공격에 제자가 죽게 하지 않도록 조심하기 위해서였다.

사마련주의 손바닥에 올라가 있던 빛이 점차 부푼다. 이성민은 무슨 일이 일어날 것인지를 직감하고서 급히 마차를 붙잡았다.

그는 마차를 양손으로 잡고서 도약해 사마련주와의 거리를 벌렸다. 사마련주는 그런 이성민의 행동을 보며 피식 웃었다.

"최소한의 눈치는 있군."

사마련주는 그렇게 중얼거리며 양손으로 빛을 감쌌다.

쿠릉…… 쿠르르릉!

부풀어 오른 빛이 사마련주의 손을 떠났다. 공간이 일렁거리더니 무신의 몸이 튀어나왔다. 그는 얼굴 가득 짜증을 담아 양손을 펼쳐 빛의 구체를 막으려 했다.

늦었다. 빛이 터졌다. 사방으로 퍼져 나간 빛이 셀 수 없이 많은 번개가 되었다.

그 무수히 많은 번개가 다시 한 점을 노리는 방향으로 쏘아진다. 번개가 노리는 목표는 무신뿐이었다.

무신은 이를 갈면서 양손을 뻗어 공간을 잡았다. 통째로 잡아 비틀어 공간의 왜곡을 만든다.

번개의 흐름을 억지로 바꾸기 위함이었다.

쫘아앙!

방향이 바뀐 번개가 땅에 내리꽂혔다. 지면을 깊이 파고 들어간 번개가 다시 위로 치솟는다.

무신은 마주 상대하는 것과는 다른 것을 선택했다.

파악!

무신의 몸이 날았다. 번개 줄기는 더 이상 무신을 쫓지 않았다.

땅에서 하늘 끝까지 한 줄기의 시커먼 색이 새겨졌다. 사마련주는 자신이 만들어 낸 비현실적인 현상을 힐긋 본 뒤에 다가오는 무신을 보았다.

흔들리는 무신의 양손은 환술 아닌 환술이었다. 양팔의 윤곽이 흐려지더니 둘로 나뉜다. 그리고서 계속해서 분영한다.

본래는 여러 쌍으로 팔을 '인식' 시켜서 각기 다른 권법을 펼쳐, 허초 속에 살초를 숨기는 환술이다.

무신에게는 아니다. 수백 쌍의 팔을 보이는 환술은 무신이 펼친다면 '정말로' 수백 쌍의 팔이 되어버린다. 둘이 싸우는 공간은 무신이 펼치는 수천 개의 권법의 향연장이 되었다.

사각 따위를 노릴 필요는 없었다.

압도적인 물량이 만들어내는 공세가 사마련주를 압박해 온다. 사마련주는 자세를 낮추어 양손을 들었다.

소리가 동작을 쫓아가지 못한다. 소리 없는 공격과 공격이 서로 충돌했다.

무신이 펼치는 수백 개의 권법과 비교해서 사마련주의 움직임은 단순했다. 그것으로 충분했다.

그의 속도는 동시에 펼치는 수백 개의 권법을 상대로 늦음 없이 대응하였다. 말도 안 되는 일이었다. 아주 조금의 시간 차이도 없이, 말 그대로 동시에 펼치는 공격이다.

그런 수천 개의 공격을 상대로 어찌 두 팔로 완전히 대응한단 말인가.

'조금' 늦는 것.

혹은 '조금' 빠르게.

권법이 시작하기도 전에 손을 뻗는다. 권(拳), 장(掌), 조(爪)······ 수단은 의미가 없다.

어떤 식으로든 움직인 손짓이 권법의 시작 전에 동작이 연계되지 않도록 끊는다.

그를 시작으로 하여 시간과 동작을 쪼개고 쪼개고, 계속해서 쪼갠다.

주먹이 권법으로 완성되기까지의 찰나를 완전히 우롱하고 있다. 그 경이적인 속도는 무신조차도 감탄할 수밖에 없었다.

뒤로 몇 걸음 물러서는 것으로 사마련주는 무신의 모든 권법을 파훼했다.

일권 일권이 허초가 아닌 살초였다. 일격만 맞아도 호신강기를 파괴하고 분쇄하기에 충분한 위력을 지닌 공격이었다.

그런 수천의 공세를 쉽사리 받아넘긴 사마련주에게는 조금의 피로도 보이지 않았다.

"타구봉진보다는 재밌군."

사마련주는 그런 평가를 내리며 빙그레 웃었다.

타구봉진 따위와 비교된다는 것이 무신에게 있어서는 모욕이었다.

"……후욱."

무신은 호흡을 가다듬으며 양손을 가슴 앞으로 모았다.

쿠오오오오!

발아래에서 일어난 거대한 내공이 무신의 몸을 통째로 집어삼켰다.

슉.

무신의 모습이 다시 한번 사라졌다.

사마련주는 흠칫하고 오는 예감에 상체를 비틀었다.

쫘아앙!

보이지 않는 강격(强擊)이 사마련주의 몸을 비껴서 날아갔다.

쫘아앙!

힘이 스치고 지나간 자리가 쩍하고 갈라졌다. 얼핏 보인 무신이 허리를 비틀며 오른손을 휘두른다.

싸아아악!

섬뜩한 소리와 함께 세상이 둘로 갈라졌다. 사마련주는 힘이 스치고 지나간 재앙적인 잔해를 힐긋 보았다.

"그러고 보니."

사마련주가 입을 열었다.

"휴잴 산맥에서 무슨 일이 있었는지 묻지 못했군."

무신은 대답하지 않았다. 그의 몸을 집어삼키고 있던 강기가 더욱 크게 부푼다.

포옹, 퐁.

주먹만 한 강기의 구체가 무신의 몸에서 하나둘 솟구쳤다.

하나가 둘이 되고 둘이 넷이 되었다. 똑같은 위력을 가진 수많은 강기의 구슬이 무신의 주변을 가득 맴돌았다.

그것은 셀 수 없이 많은 군세가 되어 무신의 뒤를 따랐다.

"알려주지 않을 건가?"

"질문할 여유가 있나?"

무신이 되물었다. 사마련주는 이를 보이며 웃는 것으로 대답을 대신했다. 그 웃음에 무신은 큭큭거리며 웃었다.

"여유 부리지 마라."

말을 내뱉으며 손을 앞으로 휙 던진다.

콰르르르!

수천 개의 구체가 사마련주를 향해 쏘아졌다. 사마련주는 머리를 좌우로 저으며 중얼거렸다.

"여유가 아니다."

위력이야 말할 것도 없지만 말이다.

토옥.

사마련주가 발끝을 들어 가볍게 뛰었다. 그는 피하지 않고서 앞으로 달렸다.

파직!

검은 전류가 사마련주의 몸을 휘감았을 때, 그는 한 줄기의 번개가 되었다. 움직일 수 없는 각도로 꺾이고 쏘아진다.

휘말리는 강기 구체가 붕 떠오르더니 그대로 폭발을 일으킨다.

하나의 폭발이 옆의 강기를 집어삼키며 수백의 폭발을 만든다.

그 폭발을 무신은 모조리 관장하고 있었다. 그는 손을 뻗어 힘이 새어나가지 않도록 잡고 있다가, 그대로 사마련주의 뒤를 노렸다. 그러한 수법조차 우습다.

파직!

터진 번개가 주변을 뒤덮었다. 무신의 강기가 번개에 휘말려 빛을 잃는다.

"다시 생각해 보았지만, 역시. 오늘은 아니겠군."

"무슨 말······."

무신의 질문이 끝나기 전이었다. 무신은 급히 양팔을 들었다.

사마련주의 일권이 무신의 몸을 뒤로 밀려나게 만들었다. 그리 묵직한 타격은 아니었지만, 그 속도는 무신을 놀라게 하기에 충분했다.

"방향성이지."

사마련주가 중얼거렸다. 어느 한쪽이 낫다고 말할 생각은 없다.

초월지경의 심득은 응용범위가 너무나도 넓다. 공간에 간섭한다는 것은 이 세상을 구성하고 있는 가장 기본적인 법칙에 간섭한다는 것이며, 인간의 몸뚱이로 그것이 가능해진 순간 인간은 인간이 아니게 된다.

그렇기에 초월지경은 '초월지경'이라고 불리는 것이다.

완전하지는 않다. 그 심득은 걸음마를 막 배운 것과 다름없으니까.

거기서 방향성을 택하는 것이다. 이 심득을 어떤 방향으로 발전시킬지. 무신의 경우에는 환술에 중점을 두었다.

그렇기에 사마련주는 무신이 했던 것과 마찬가지인 수법을 쓸 수는 없다. 공간을 왜곡시키고, 환술 속의 허초로 남아야 하는 동작을 살초로 바꾸는 것. 무신은 할 수 있다 해도 사마련주는 할 수가 없다. 그는 그런 방향성을 택하지 않았으니까.

"너는 나를 쫓을 수 없다."

사마련주가 빙그레 웃으며 그를 고했다.

거짓 하나 없는 진심으로.

사마련주가 웃으며 한 말이 무신의 감정을 자극했다.

방향성이 다르다는 것쯤은 무신도 인지하고 있었다.

인정하지는 않는다. 사마련주의 말이 오만하기 짝이 없다고 생각할 뿐.

무신은 사마련주를 노려 보며 내공을 끌어올렸다.

무신이 다루는 내공은 더 이상 내공이라고 할 수가 없었다.

쿠르르릉……!

사방으로 힘이 퍼져 나간다. 무신의 주변 풍경이 거세게 일렁거린다.

"쫓을 수 없다고……?"

"해보겠나?"

사마련주가 물었다.

대답할 필요가 없었다. 말이 아닌, 행동으로 보이면 될 뿐이니까.

꽈앙!

무신의 발이 땅을 박찼다. 그렇게 움직이는 무신의 동작이 쭈욱 늘어난다. 무신이 움직일 때마다 수십 개의 잔상이 만들어졌다.

이윽고 그것은 각기 다른 방향으로 도약한다. 공간에 간섭한 환술이 무신의 몸을 나누었다.

수십이 된 무신은 각기 다른 무공을 펼치며 사마련주를 압박했다. 사마련주는 즉시 양손을 휘둘렀다.

움직이는 것은 단 한 번.

하지만 그 안에 수십 개의 수법이 섞인다. 경이적인 속도가 그것을 가능하게 만들었다.

콰아앙!

설원 한가운데에서 번개가 터졌다.

멀리서 주원과 함께 그것을 보고 있던 제니엘라는 진심으로 감탄했다.

제니엘라의 곁에 서 있는 주원은 거칠어진 숨을 몰아쉬며 주먹을 꽉 쥐었다.

둘 모두, 같은 생각을 하고 있었다. 저곳에서 싸우고 있는 둘이 정말로 인간이란 말인가?

주원은 가슴 깊은 곳에서 끓어오르는 투쟁심을 간신히 억눌렀다.

곁에 제니엘라만 없었더라면. 제니엘라가 결코 관여하지 말라 말하지 않았더라면, 그는 자신의 전력을 쏟아부으며 저곳에서 괴물들의 연회를 즐겼을 것이다.

"안 돼."

제니엘라가 소곤거렸다. 이곳에서 사마련주가 싸울 것은 보았다. 그리고. 이곳에서 사마련주는 죽는다. 제니엘라가 본 미래는 그것이었다.

하지만 어떻게 죽게 될까? 피를 토하며 쓰러지는 사마련주의 모습은 보았다. 하지만…… 제니엘라의 두 눈이 가늘게 떠졌다.

부족하다. 무신으로는 부족하다. 무신의 힘은 사마련주를 죽일 수가 없다. 오히려 이대로 가다가는 사마련주에 의해 무신이 죽게 될 것이다.

저 둘은 인간으로서 정점에 섰다고 하기에 충분했으나, 제니엘라가 보기에는 사마련주의 강함이 무신보다 조금 앞서 있었다.

제니엘라의 생각대로였다.

파바바박!

생각의 틈바구니를 뚫고 들어오는 고속의 공격에 무신의 환술이 박살 난다.

만들어낸 실체를 가진 분신들은 사마련주의 맹공을 감당하지 못했다.

비틀거리며 물러선 무신의 얼굴이 일그러졌다. 물론 이것이 전부인 것은 아니다. 여력을 갖고 있다.

쿠오오오!

강맹한 힘이 요동치며 무신의 몸이 붕 떠올랐다.

"흡!"

숨을 삼키며 뻗은 일장이 거대한 형상으로 바뀌었다.

꽈아앙!

지면을 통째로 주저앉게 만든 그 힘 속에서 사마련주는 자유로웠다.

그는 한 줄기의 번개가 되어 무신의 장력을 꿰뚫었고 그 중간에 수십으로 나뉘어 사방으로 흩어졌다.

흑뢰번천 만뢰.

수십의 번개가 만개의 번개가 되었다. 무신은 고함과 함께 양팔을 펼쳤다.

쫘아앙!

폭음과 함께 세상이 하얗게 물들었다.

하지만 검은색의, 일만 개의 선은 지워지지 않는다.

번개의 한가운데에서 사마련주가 큭큭거리며 웃었다. 무신의 심득의 정수가 환술이라면 그는 오로지 빠름이다.

그 상상조차 할 수 없는 빠름은 환술을 관통했다. 밀어붙이는 타격이 무신의 호신강기를 두드린다. 찰나의 순간에 대체 몇 번의 타격이 들어온 것인지 무신은 셀 수가 없었다. 호신강기를 굳건히 세우며 타격을 버틴다.

보이지…… 않는다. 대응이 안 된다. 피하는 것? 무리다. 피할 틈이 없다. 역공의 틈을 노려보아도 그 틈이 보이지 않는다.

부족한 힘을 속도로, 공격의 밀도를 속도로. 모든 것을 속도로 대체하고 있다. 가볍지 않은 타격이 호신강기를 깎는다.

무신의 호신강기가 거대한 바위산이라면 사마련주의 공격은 정과 망치였다.

수백 개의 정과 망치가 동시에 때려 두들긴다. 깎여 나가고 있다. 끝없는 내공조차도 사마련주의 쉼 없이 빠른 공방 속에서는 의미를 잃었다.

하늘은 맑지 않았다. 북쪽의 하늘은 밤을 제외하면 대부분이 회색이다. 눈이라도 쏟아지는 날에는 새하얗게 변해 버린다.

지금은. 눈도 오지 않고, 해가 저문 것도 아닌데, 검었다.

천천히 검은색으로 물들어간다. 사마련주가 만들어내는 검은 선이, 세상을 그 색으로 물들이고 있었다.

오늘이 아니다.

이성민은 멍하니 사마련주가 만들어내는 검은 선을 보았다. 직선과 곡선. 궤적을 예측하는 것이 불가능했다. 선의 시작점을 보는 것조차도 불가능했다. 정신을 차리고 보면 이미 시작되었고, 그를 알았을 때에는 이미 끝나 버린다. 신위(神威)라 하기에 충분했다.

[확실히. 오늘은 아닌 것 같군.]

감탄에 찬 목소리로 사마련주가 무신을 압박하는 것을 보고 있던 허주가 말했다.

[무신이라는 인간도 강한 것은 인정하지만. 네 스승이 무신보다 더 강하구나. 사마련주가 말한 대로다. 무신으로는 부족하다.]

이성민은 홀린 것 같은 얼굴로 머리를 끄덕거렸다. 지금의 사마련주는 개방과의 싸움에서 보여주지 못했던 흑뢰번천의 정수를 그대로 보여주고 있었다.

사마련주의 움직임은 이성민이 절대로 흉내 낼 수 없을, 흑뢰번천이라는 무공에 있어서 가장 이상적인 움직임이었다.

도대체 얼마나 창을 더 휘둘러야, 얼마나 오랜 시간을 무공에 쏟아부어야 저것에 근접할 수가 있을까.

'이대로는……'

무신은 이를 악물었다. 인정하고 싶지 않은 사실이다. 하지만 이제는 인정할 수밖에 없었다. 사마련주를 쫓을 수가 없다.

언제까지고 방어를 굳히며 공격을 버텨야 하는가. 그런 방법을 택한다고 해서 영원토록 견뎌 낼 수 있는 것이 아닌데.

'진다? 내가?'

생각이 그곳으로 미친다. 아니, 안 된다. 이곳에서 죽어서는 안 된다. 무신의 두 눈에 핏발이 섰다.

쩌적.

갑작스레 들려 온 그 소리는 사마련주의 동작을 멈추게 만들었다.

갑작스러운 개입이었다. 사마련주는 몰아붙이던 공세를 멈추고서 뒤로 물러섰다.

그녀의 출현에 놀란 것은 사마련주뿐만이 아니었다. 무신도 믿을 수 없다는 눈으로 하늘을 올려 보았다.

하강하는 그녀는, 마치 인간이 아닌 선녀처럼 보였다. 새하얀 냉기를 흩뿌리며 내려온 여인은 투명한 빛을 내는 은발을 가졌고, 동요 없이 가라앉은 푸른 눈을 가지고 있었다.

사마련주는 크게 뜬 눈을 깜박거리며 여인을 올려 보았다.

"월후."

"당신이 왜 이곳에……?"

무신이 믿을 수 없다는 목소리로 물었다. 월후는 유즈키아산의 정상, 그곳에 있는 월궁에서 나오는 일이 없었다.

월후는 천외천의 육존자에 속해 있기는 했지만 그 어떤 육존자보다 신비로웠고, 무신조차도 월후에게 명령을 내릴 수는 없었다.

왜 유즈키아 산에 있어야 할 월후가 이곳에 있단 말인가?

"동생이 부탁하더군요."

월후가 입을 열었다.

동생. 그 말에 무신의 어깨가 움찔 떨렸다. 무신밖에 모르던 사실이지만, 월후와 영매는 자매다.

천외천에 월후가 가입하게 된 것은 영매가 무신을 찾아온후, 자신의 언니라면서 소개한 것이 최초의 만남이었다. 그 이후로. 영매는 언제나 무신과 함께 있었으나, 월후는 아니었다.

천외천 육존자에 이름을 올렸을 뿐이지 영매의 지령도 받지 않았다.

그런 월후가 움직인 것은 굉장히 예외적인 일이었다. 무신과 사마련주의 시선을 받던 월후가 천천히 입을 열었다.

"이곳에서 사마련주를 죽여야 합니다."

무덤덤하게 뱉은 말에 무신의 얼굴이 바르르 떨렸다. 무신이라고 해서 그를 모르겠는가.

사마련주와 싸우게 된 순간. 그는 이미 사마련주를 죽이겠다고 마음을 먹었다.

너무 강한 힘을 가진 그의 존재가 방해가 될 것이 틀림없다고 여겼기 때문이다. 그것이 그리 하기로 마음먹었다고 해서 가능했더라면 이런 고생도 하지 않고 있었을 것이다.

"합공하겠습니다."

월후는 표정 하나 바꾸지 않고 그렇게 말했다.

그 말에 무신의 두 눈이 크게 뜨였다.

하하하!

무신이 뭐라 말하기도 전에 사마련주가 큰 소리로 웃었다.

한참을 웃던 그는 머리를 가로저으며 킥킥거렸다.

"둘로 될까?"

아니, 안 된다.

무신은 내심 그런 생각을 했다. 자존심…… 그런 자존심을 접어두고서라도. 사마련주의 무위는 무신보다 분명히 높은 경지에 있었다.

월후가 합공한다고 해도 사마련주를 죽일 수 있을 것 같지는 않았다.

무신은 월후의 실력을 잘 알고 있었다. 예전에, 창왕이 하도 싸워보자고 매달린 덕에 월후는 창왕과 비무를 했던 적이 있었다.

월후는 초월지경 중에서도 손에 꼽히는 강함을 가지고 있다고 하나, 월후의 전력은 창왕과 큰 차이가 없었다. 사마련주를 상대로 그 정도 전력이 더해졌다고 해서 그를 죽일 수 있을까.

"됩니다."

월후가 대답했다. 마치 무신의 마음을 읽은 것처럼. 월후의 손이 천천히 들렸다.

키이잉.

월후의 손에 어린 힘에 사마련주의 눈썹이 씰룩거렸다. 그 순간에, 이성민은 사마련주를 향해 달리고 있었다.

갑작스레 월후가 개입한 것은 절대로 사마련주에게 유리하게 작용하지 않을 것임을 알았기 때문에.

월후의 손에 맺힌 빛이 더욱 커진다. 사마련주는 본능적으로 알아차렸다.

짧은 순간에.

사마련주는 두 가지 행동을 떠올렸다. 월후를 습격해 막는 것. 이곳을 이탈하는 것. 사마련주는 피식 웃었다. 그가 한 행동은 둘 중 무엇도 아니었다. 사마련주의 손이 움직였다.

찌엉!

내지른 일장이 향한 것은 월후도, 무신도 아니었다. 사마련주를 돕기 위해 달려오던 이성민과 사마련주의 일장이 부딪혔다.

설마 사마련주가 자신을 향해 장력을 날릴 것이라고는 상상도 하지 못했다. 아니, 사실 알았다고 하더라도 대응하지 못했을 것이다.

사마련주의 장력은 이성민의 몸을 뒤로 쭈욱 밀어냈다.

"스승……!"

이성민은 급히 사마련주를 불렀으나, 사마련주는 대답하지 않았다. 그럼에도 이성민이 말을 끝까지 이어가지 못한 것은 사마련주가 빙그레 웃는 얼굴로 이성민을 보았기 때문이었다.

파앗!

월후의 손에 맺혀 있던 빛이 폭사했다.

찌이이이!

공간이 진동하기 시작했다. 가뭄의 땅이 메마르듯이 공간이 메말라 거미줄 같은 균열을 만들었다.

이성민은 급히 자세를 추스르고 전력을 다해 뛰었다. 뭐라말할 수 없는 불길함이. 미래를 보는 것도 아닌데 어떤 미래가 일어날지 직감되는, 그 불길하고 역겨운 기분이 이성민의 얼굴을 일그러뜨렸다.

전력으로 달리던 이성민의 몸이 무언가에 부딪혔다. 아무것도 없는데, 투명한 벽이라도 있는 것처럼 이성민의 몸이 무언가에 부딪혀 멈춰 버린다.

"이건 또 뭐야……?!"

으아아!

이성민은 고함을 지르며 창을 휘둘렀다. 전력을 다해 휘두른 창은 공간의 벽을 뚫지 못했다.

사마련주는.

천천히 주변을 둘러보았다. 풍경은 변하지 않았다. 하지만 지금. 사마련주가 서 있는 곳은 아까까지 있던 설원이되 설원이 아니었다.

"이건……"

크게 변한 것은 없다. 하지만 공간 전체에서 묻어나오는 기묘함에 무신의 표정이 딱딱하게 굳었다.

그는 이런 공간을 잘 알고 있었다. 당장 몇 달 전만 해도 이 빌어먹을 세계에 갇혀서 고생을 겪었었다.

그래. 휴쟬 산맥의 마령정에서 만났던 마령. 마령이 무신을 던져버린 공간이, 지금의 이 공간에서 느껴지는 기묘함과 똑같았다.

"어째서…… 월후. 그대가 이런 힘을?"

"이건 제 힘이 아닙니다."

무신의 질문에 월후가 머리를 가로저었다.

"사마련주의 죽음은 반드시 이루어져야 하는 일. 그렇기에, 신령께서 특별히 저에게 힘을 하사하셨습니다."

월후의 대답에 무신의 두 눈이 크게 뜨였다. 신령과 접신할 수 있는 것은 영매뿐이었다.

그 접신이라는 것도 영매가 바란다고 하여 되는 것이 아니었다. 언제나 일방적으로, 신령 쪽에서 갑작스레 영매의 몸에 접신하여 미래에 일어날 일과 천외천이 해야 할 일에 대해 지령을 내리는 것이 여태까지의 방식이었다.

그런데, 이번에는 사마련주를 죽이기 위해 신령이 직접 힘을 하사했단다. 천외천이 존재한 수백 년 동안 이런 일은 처음이었다.

사마련주는 천천히 주변을 둘러보고 있었다. 그런 사마련주를 향해 월후가 머리를 돌렸다.

"당신은 이곳에서 절대로 탈출할 수 없습니다. 그 누구도 이 공간에 개입할 수 없습니다. 이 공간은 신령의 권능이 만들어 낸 결계입니다."

"그래 보이는군."

사마련주는 천천히 머리를 끄덕거렸다. 외부에서의 개입이 불가하다는 점에 사마련주는 오히려 마음에 들었다.

"이렇게까지 해야 할 일이란 말인가?"

무신이 의문스럽다는 듯이 물었다.

"예."

월후는 머뭇거림 없이 머리를 끄덕거렸다. 무신은 주먹을 꽉 말아 쥐었다. 어쩔 수 없다고는 하나, 사마련주를 상대로 월후와 합공해야 한다는 것은 그의 자존심을 크게 건드리는 일이었다. 그런 무신의 표정을 본 월후가 소곤거렸다.

"부끄럽다 여기지 마십시오, 무신."

무신이 대답하지 않자, 월후가 힘을 주어 말했다.

"사마련주. 마황 양일천이야말로 종언입니다."

"……뭐라?"

"신령께서 말씀하셨습니다. 마황 양일천을 죽인다고 하여 종언이 끝나는 것은 아니지만, 그의 존재는 종언을 불러오는 가장 큰 축의 하나라고."

"하하하!"

월후의 말을 듣고 있던 사마련주가 참지 못하고 웃음을 터뜨렸다.

"본좌가 종언이라?"

체통조차 잊고서 낄낄거리던 사마련주가 내뱉었다.

"그것참 기똥찬 개소리로군."

**6장
부정**

　소리 내어 웃는 것으로 월후의 말을 일축하였지만, 월후는 그런 사마련주의 태도에도 표정이 흔들리지 않았다.

　그녀가 하는 말은 틀림없는 진실이었다. 그렇다고는 하나, 워낙에 갑작스럽고 가벼운 말이 아니라 무신도 작은 당황을 느꼈다.

　'사마련주가 종언이라고?'

　종언 그 자체는 아니라 해도, 종언으로 향하게 되는 축 중 하나라고 하지 않나.

　사실일까. 무턱대고 믿기에는 너무 과격한 말이다.

　하지만…… 무신은 자신의 마음이, 월후가 한 말이 사실이라는 쪽으로 기울고 있다는 것을 느꼈다.

　사마련주는 강했다. 강해도 너무 강했다.

백 년 동안 폐관을 끝내고 나왔을 때. 무신은 자신이 얻게 된 강함이야말로 인간의 정점이라고 믿어 의심치 않았다.

프레데터의 괴물들과는 제대로 승부를 내본 적이 없었으나, 불사에 가까운 존재라고 하는 뱀파이어 퀸을 상대한다고 해도 큰 어려움 없이 쓰러뜨릴 수 있을 것이라 여겼었다.

아니었다. 뱀파이어 퀸을 상대하기는커녕, 인간의 정점조차 되지 못했다. 대체 왜.

폐관을 끝내고 나왔을 때, 자신과 같은 수준이었던 사마련 주와 검선을 염두에 두기는 했었다.

하지만 무신은 단 한 번도, 자신이 사마련주에게 밀릴 것이라고 여겼던 적이 없었다.

저 강함은…… 부조리하다. 이상하다. 말도 안 된다. 나보다 강할 리가 없다. 그래, 인간이라면. 하지만 사마련주가 단순한 인간이 아닌 종언이라면?

만약 그렇다면, 저 말도 안 되는 강함이 납득이 된다.

"스스로 납득할 명분이라도 필요한 건가?"

사마련주는 침묵하고 있는 무신을 향해 그렇게 말했다. 이 공간을 벗어나는 것은 불가능하다. 월후와 무신을 쓰러뜨린다 면 이곳에서 벗어날 수가 있을까.

사실, 벗어나고자 했다면 아까 전에 벗어날 수가 있었다. 이 성민이 들어오지 못하게 하는 것이 아니라 스스로 몸을 날렸

더라면.

그러고 싶지 않았다.

사마련주는 뒷짐을 지고서 하늘을 올려다보았다.

그래. 그러고 싶지 않았다. 생각해 보면 핑계였을 뿐이다.

이성민과 함께 무림맹에 갔을 때에. 그런 식으로 요란하게
일을 벌일 필요는 사실 없었다. 개방의 타구봉진을 상대해 보
고 싶었고 무림맹주라는 흑룡협과 싸워보고 싶었다. 군이 제
니엘라를 위협적으로 도발했던 것도 그녀와 한번 싸워보고 싶
었기 때문이다.

자리를 피할 수 있었는데 피하지 않고 이곳에 남은 것도. 그
래, 사실은 전부 다 사마련주가 그러고 싶었기 때문이었다.

뭐 어떤가. 사마련주는 피식 웃었다. 이유가 중요한 것은 아
니다. 하고 싶었기에 하는 것뿐.

어쩌면 오늘일지도 모르겠군. 사마련주는 천천히 머리를 돌
렸다.

보이지 않는 벽의 너머에서 이성민은 악을 쓰고 있었다.

요력을 아끼지 않고 쏟아부어 만들어낸 강기가 벽을 때린
다. 하지만 벽은 뚫리지 않는다.

이 결계는 무신을 몇 달 동안이나 가두어 놓았던 마령의 결
계와 비슷하다. 사마련주 본인이 전력을 다한다고 해도 쉽사
리 깰 수가 없을 텐데, 이성민이 깨는 것은 불가능했다.

'전음도 안 들리는 모양이고.'

모습은 보이고 있지만, 공간 자체가 격리되었기 때문에 전음은 이어지지 않는다.

결계 자체를 깨부수지 않는 한 이곳에서 탈출하는 것은 불가능하다.

애초에 탈출할 마음도 없었지만. 사마련주는 하늘을 보고 있던 머리를 내렸다. 그는 월후와 무신을 향해 이를 보이며 웃었다.

"뭐하나?"

웃으며 물었다.

"본좌가 종언의 축 중 하나라 하지 않았나? 한데도 계속 그렇게 보고 있을 테냐?"

적색 마탑주가 부탁했던 대로 해 줘야 할 텐데. 사마련주는 그런 생각을 하면서 뒷짐을 지고 있던 손을 풀었다.

우르르릉……!

뇌명(雷鳴)이 울린다. 사마련주의 전신에서 시커먼 전류가 파직거리며 튀었다.

무신은 긴장한 얼굴로 사마련주를 보았다. 사실, 그는 아직까지도 회의적이었다. 월후가 힘을 보탠다고 하였으나 저 괴물 같은 사마련주를 죽일 자신은 없었다.

"괜찮습니다."

그런 무신의 마음을 읽기라도 한 것처럼. 월후는 그렇게 말했다.

키이잉!

섬뜩한 소리와 함께 월후의 몸이 백광으로 물들었다. 월후가 끌어낸 힘은 내공이 아니었다.

무신은 그 이질적인 기운에 놀랐다. 월후가 보여준 힘은 마령의 것과 닮아 있었다.

"그게 대체……"

"신령께서 빌려주셨습니다."

눈부신 백광에 휘감긴 월후가 말했다. 그 기묘하기 짝이 없는 힘의 흐름에 사마련주도 흥미를 느꼈다.

그는 빙그레 웃으면서 천천히 앞으로 나아갔다.

공간이 한 번 백색으로 물들었고.

그 이후에는 새카만 색으로 물들었다. 무수히 많은 먹선이 백색을 유린했다.

극성으로 펼친 흑뢰번천의 속도는 사마련주에게서 인간의 모습을 앗아갔다.

퍼버버벅!

셀 수 없이 많은 연타에 무신의 몸이 뒤로 쭉 밀려났다.

무신의 얼굴에는 숨길 수 없는 경악이 짙었다.

'최속이 아니었단 말인가……?!'

사마련주는 아까보다 더, 더 빨라져 있었다. 백광에 휘감긴 월후도 사마련주의 공세에 뒤로 밀렸다. 그녀도 사마련주의 속도에 놀란 것은 마찬가지였으나, 그러한 경악은 월후로 하여금 숭고한 사명의식을 불태우게끔 만들었다.

신령의 말이 사실이었다. 인간이면서 도저히 인간으로 생각할 수 없는 무위를 얻은 사마련주는 괴물 자체였으며, 이 세상의 진정한 끝이라고 할 수 있을 종언의 축임이 분명했다.

그러니 막아야 한다. 월후의 양손이 더욱 하얀 빛으로 물들었다.

그녀는 빙공을 극성으로 익힌 고수다. 하지만 사마련주의 속도는 빙공으로 잡을 수 있을 만한 것이 아니었다.

문제는 없었다. 지금의 월후는, 무신이 보지 못하는 것을 보고 있었다. 무신이 볼 수 없는 사마련주의 초고속을 월후는 볼 수 있었다.

신령의 권능이 몸 안 충만히 차 있었다. 여태까지 익힌 모든 무공을 포기하는 것을 대가로 얻은 힘이다.

사마련주를 죽인 후에는 무공을 모르는 몸뚱이가 되어버리겠지만, 월후는 자신의 선택에 후회하지 않았다.

쩌엉!

월후가 내지른 일장이 쉼 없이 세상을 칠하던 먹선의 움직임을 가로막는다. 그 가벼운 일수에 사마련주는 조금의 놀람을 느꼈다.

그는 마주 내질러 충돌시킨 자신의 왼손을 내려 보았다. 섬뜩한 냉기의 일장과 충돌한 왼손. 손바닥에 하얀 서리가 껴있다. 그것은, 월후의 일장이 사마련주의 호신강기를 뚫고 들어와 냉기의 타격을 입혔다는 증거였다.

"호오."

무신의 일장은 여태까지 사마련주에게 닿은 적이 없었다. 하지만 월후의 일장이 닿았다. 그것에 사마련주는 즐거움을 느꼈다. 그는 손을 털면서 빙그레 웃었다.

쿠르르릉……!

다시 한번 뇌명이 울린다.

팟.

셋의 모습이 사라졌다.

꽈아앙!

천지를 진동시키는 충돌음과 함께 튀어나간 것은 무신의 몸이었다. 그는 올라오는 핏물을 삼키면서 허공을 밟고서 다시 역방향으로 뛰었다.

잔상을 그리며 움직이는 손이 가슴 앞으로 모인다. 끊어내듯이 내지른 권법이 허공을 때린다.

월후의 장법을 상대하고 있던 사마련주는 등 뒤에서 다가오는 권격에 즉시 대응했다.

타다다닥!

무신이 펼치는 화려한 권법을 오른손 하나로 받아넘기면서 월후를 향해 왼손으로 수도를 날린다.

월후는 피하지 않고서 양손을 뻗어 사마련주의 수도를 감쌌다.

키이이잉!

섬뜩한 소리와 함께 절대적인 냉기가 사마련주의 왼손을 휘감았다.

호신강기가 무의미했다. 신령의 가호를 받은 월후의 공격은 무시하고 들어와 사마련주의 왼손을 얼어붙게 만들었다.

"큽!"

하나 신음성을 토한 것은 월후였다. 사마련주가 휘두른 발이 월후의 몸을 걷어찼다. 본래라면 이 일격으로 월후는 내장이 터져 죽었을 것이다.

하지만 죽지 않는다. 오직 사마련주를 죽이기 위해서 신령이 부여한 가호는 월후와 사마련주 사이에 있는 아득한 격차를 가까스로 메워주었다.

사마련주만큼은 아니었으나 무신은 강했다. 그는 자신을 압박해 오는 사마련주의 오른손을 붙잡아 꺾으면서 자신의 몸 안으로 당겼다.

그러면서 푸른 빛에 휘감긴 오른손을 사마련주의 옆구리로 쏘아냈다.

그 초근접 거리에서 사마련주는 자세를 반전시켜 무신의 손을 피했다.

쫘아아앙!

무신이 쏘아낸 빛은 바닥으로 떨어져 깊고 거대한 구멍을 만들어냈다.

깊게 파인 지면에서 북쪽의 냉기를 무의미하게 만드는 열기가 올라왔다.

"만뢰."

사마련주가 중얼거렸다.

쫘, 쫘, 쫘, 쫘광!

수백 수천 개의 벽력이 동시에 터지는 것처럼. 소리만으로 공간이 뒤흔들린다.

사마련주를 중심으로 뿜어진 일만 개의 번개가 사방을 휩쓸었다.

결계 안의 눈은 모조리 녹아 증발했고 땅은 새카맣게 불탔다. 그로도 모자라 공기 중에 남은 전류는 사마련주의 손짓에 따라 거대한 구체가 되었다.

그 끔찍스러운 힘에 땅으로 추락한 무신은 비틀거리며 몸을 일으켰다.

사마련주가 직접 펼친 만뢰는 월후와 무신 둘 모두를 땅에 처박았다.

"부족하군."

사마련주가 중얼거렸다. 신령의 가호를 받은 월후의 힘이 놀랍기는 했지만, 그렇다고 해서 사마련주를 죽일 수 있을 정도는 아니었다.

월후도 더 이상 평정심을 유지하지는 못했다. 사마련주는 손바닥 앞에 응집된 시커먼 구체를 아래로 향했다.

"너희로는 안 된다."

구체가 떨어진다. 떨어지면서, 그것은 다시 한번 터졌다. 더이상 하늘은 푸르거나 희지 않았다.

완전한 밤이 되었다. 그 밤 속에서, 밤의 어둠보다 더욱 짙은 색의 전류가 흘렀다.

낙뢰.

사마련주가 빙그레 웃으며 말했다.

셀 수 없이 많은 번개가 추락했다.

아아아아!

무신은 커다란 목소리로 포효하며 양팔을 들어 올려 펼쳤다. 무신의 몸에서 뿜어진 거대한 힘이 소용돌이치며 위로 올랐다.

무수히 많은 번개가 그 힘의 흐름에 휘말렸다. 버티는 것이 고작이었다. 되돌려주는 것도 소멸시키는 것도 불가능하다.

핏발 선 무신의 눈에서 피눈물이 뚝뚝 흘렀다.

월후는 숨을 몰아쉬며 양손을 들어 사마련주에게 향했다.

제발, 제발.

월후는 마음속으로 신령을 찾았다. 제발 저 악마를 끌어내어 주소서. 월후의 눈이 백색으로 물들었다.

오랜 법칙이다.

이 세상의 인간은 진정한 의미의 초월성을 획득할 수가 없다. 그러한 절대적인 법칙을 기본으로 하여 이 세상이 만들어졌다.

존재의 목적에 걸맞게 이 세상은 기능해 왔다. 이곳은 거대한 사육장이다. 완성된 기술을 얻기 위해 모르모트들을 굴리는 사육장.

사마련주의 힘이 아무리 강하다고 해도. 그의 실질적인 무위가 이미 초월적인 수준을 뛰어넘었다 하더라도.

그는 진정한 의미의 초월자도, 그보다 절대적인 존재도 아니다. 결국은, 아직은 인간이다.

그렇기에 이것은.

파직.

새하얀 백광이 사마련주의 몸을 꿰뚫었다.

허공에 떠 있던 사마련주의 몸이 크게 휘청거렸다. 그는 놀란 얼굴로 자신의 몸을 내려 보았다. 그를 중심으로 몰아치고 있던 번개가 멈춘다.

"……뭐냐."

사마련주의 목소리에 처음으로 당혹감이 어렸다. 내공이 멈추었다. 몸이 무겁다.

방금까지만 해도 끝없이 충만했던 내공이 이제는 바닥이 보일 정도로 줄어 있었다.

그 무엇보다 빨랐던 몸뚱이가 너무나도 무겁게 느껴진다. 자신의 몸에서 무게를 느꼈던 적이 얼마 만인가?

"아아!"

월후가 환한 얼굴로 탄성을 질렀다. 무신도, 사마련주도 알지 못했지만. 그녀는 틀림없이 느꼈다. 신령이 자신의 부름에 화답해 주었음을.

월후는 즉시 땅을 박찼다. 무신은 도대체 무슨 일이 일어난 것인지 알지 못했으나, 사마련주에게 어떠한 문제가 생겼음은 직감했다.

무신이 끌어올렸던 거대한 힘이 그대로 사마련주를 향해 쏟아졌다.

꽈아아앙!

무신이 역류시킨 힘의 폭풍이 사마련주를 덮쳤다.

사마련주는 표정을 굳히며 그 힘에 대응했다. 하지만 부족하다. 내공도, 몸의 움직임도. 무신과의 싸움 후 처음으로, 사마련주는 입안에서 피의 맛을 느꼈다.

뒤로 쭈욱 밀려나는 사마련주를 향해 월후가 들이닥친다. 그녀는 새하얀 손을 휘두르며 사마련주를 해하려 들었다.

사마련주는 올라온 핏물을 삼키면서 왼손을 내질렀다.

파아아앗!

사마련주의 일장과 월후의 일장이 충돌했다. 언제나 시커먼 전류를 휘감고 있던 사마련주의 손은, 지금 이 순간 그 어떤 빛도 발하지 못하고 있었다.

쩌적…… 쩌저적……! 공기가 얼어붙는다. 사마련주는 자신의 왼팔이 통째로 얼어붙는 것을 보았다.

"신령이."

월후가 내뱉었다.

"신령이 당신의 죽음을 바라고 있습니다. 종언을 피하고자 하는 우리의 바람에 신령이 답해주신 겁니다."

"그렇군."

사마련주는 얼어붙는 자신의 왼팔을 보면서 중얼거렸다.

"갑자기 왜 이러나 했는데. 후후, 신령…… 신령이라. 봐라. 결국 본좌의 말이 맞지 않았느냐."

사마련주의 얼굴에 웃음이 어렸다.

"너희로는 부족했다."

쩌어엉!

사마련주의 왼팔이 터졌다. 터진 팔의 파편은 모조리 얼어 붙어 있었고 피는 얼음알갱이가 되어 흩어졌다.

사마련주는 사라진 팔을 신경 쓰지 않고서 천천히 오른손을 뻗었다.

사마련주의 팔을 터뜨린 것으로 기쁨을 느끼던 월후의 얼굴이 굳었다.

어느새인가. 사마련주의 손은 월후의 가슴 위에 올라와 있었다.

"월후, 네가 더해진다고 해도 부족했어."

쿠우우웅!

가볍게 내지른 일장이 월후의 눈과 귀, 코, 입에서 피를 뿜게 만들었다.

사마련주는 피를 뿜으며 떨어지는 월후를 향해 오른손 끝을 튕겼다.

일직선으로 쏘아진 가느다란 전류가 월후의 몸을 꿰뚫었다. 전류에 휘감긴 월후의 몸이 뒤틀리더니 그대로 터져 버렸다.

마지막 순간에 방심했던 것이 월후에게는 죽음이란 대가로 이어진 것이다.

"너무 서운하게 생각하지는 마라."

사마련주는 핏물을 삼켰다. 사라진 왼팔을 내려 보았다. 무신은 시체조차 남기지 않고 폭발한 월후를 보며 고함을 질렀다.

"그래도 본좌의 왼팔을 가져가지 않았느냐."

사마련주는 그렇게 중얼거리며 결계 바깥을 보았다.

경악한 얼굴로 굳어버린 이성민과 어쩔 줄 몰라 하는 스칼렛을.

'아직인가?'

사마련주는 피식 웃으며 생각했다.

이런 모습을 보여주고 싶지는 않았는데.

스칼렛은 여정 도중, 사마련주가 자신에게 했던 부탁을 떠올렸다.

하지만 어떻게?

스칼렛은 굳은 얼굴로 이성민 쪽을 보았다. 마차를 끌던 예화도 더 이상 가만히 있지 못하고 이성민과 함께 어떻게든 결계를 부수기 위해 발악하고 있었다.

흑룡협은 굳은 모습으로 서서 사마련주와 무신, 월후의 싸움을 지켜보고 있었다.

사마련주가 위기에 처했다는 것은 다들 이해하고 있었다. 쉼 없이 싸워 온 것에 지친 것일까. 그는 왼팔이 잘렸고, 닫은 입술 사이에서 가느다란 핏물이 흘러나오고 있었다.

비록 월후를 죽이기는 했다만 팔 하나를 잃고 심한 내상까지 입은 사마련주에 비해 무신은 아직까지 멀쩡했다.

그래서.

"으아아아!"

이성민은 쉼 없이 창을 휘두르고 있었다. 쏘아 찌르고, 휘둘러 때리고. 내공과 요력을 가리지 않고 쏟아낸다.

폭주의 가능성을 알면서도 멈출 수가 없었다. 끔찍스러운 예감이 현실이 되어가고 있다.

오늘이 아니라고 했는데. 그런데, 그것이 오늘이 될 것만 같았다.

아니, 틀림없이 오늘이다. 지금 내가 아무것도 하지 않는다면 반드시 오늘이 되어버릴 것이다.

이 경우에 대해서는 허주도 조언할 수가 없었다. 신령의 결계는 너무나도 단단했다. 그 곁에서. 예화는 절규하면서 결계를 부수는 것에 힘을 더하고 있었다.

그런 둘의 모습을 보며 스칼렛은 아랫입술을 잘근 씹었다.

그녀 역시.

사마련주의 죽음이라는 미래를 바꾸고 싶었다. 사마련주와 그리 친밀한 관계는 아니었지만, 사마련주는 스칼렛에게 우호적이었다.

스칼렛도 그런 최소한의 호감은 가지고 있었다. 아니, 그것뿐만이 아니다. 사마련주가 죽게 된다면. 스승이 죽게 된다면.

이성민은 어떻게 되어버리는 것일까.

"놈……!"

무신은 이를 갈면서 땅을 박찼다.

위로 튀어 오른 그는 장법과 장법을 연결해가며 사마련주를 향해 쌍장을 내질렀다.

사마련주와의 싸움으로 내상을 입기는 하였으나, 무신에게 는 아직 충분한 여력이 남아 있었다.

사마련주는 그를 잘 알고 있었다. 자신의 상태가 좋지 않다 는 것. 이곳에서 죽을 것이라는 것.

그래, 사마련주는 그것을 이해했다. 오늘이 아닐 것이라고 생각했는데. 사마련주는 달려드는 무신과 그가 만들어내는 수많은 장력을 보면서 피식 웃었다.

'민망하게 되었군.'

이곳에 오기 전, 제자에게 으스대며 말하지 않았던가. 미래 를 부정해 보겠노라고. 오늘은 아니라고.

그래도 뭐, 이해해 주기를 바랄 수밖에.

그래도 말 하나는 틀리지 않았다.

무신으로는 안 된다. 무신으로는 부족하다. 월후가 더해져 도 부족했다. 월후가 신령의 가호를 두르고 온 것이 귀찮기는 했지만. 신령이 개입하여 사마련주의 초월성을 박탈하지 않았 다면. 이 싸움은 사마련주의 압승이었을 것이다.

쉽게 죽어줄 생각은 없었다. 오늘, 지금, 이 자리가 무덤이 될 것이라고는 생각하지 않았지만. 피할 수 있었던 것을 피하지 않고 마주한 것은 사마련주가 내린 선택이었다.

이곳이야말로 사마련주가 택한 무덤이었다. 그리고, 어떤 모습으로 죽을지를 선택하는 것은 무신이 아닌 사마련주다.

찌릿.

남아 있는 내공이 모조리 격발되었다. 전신으로 내공이 뻗어 나간다.

아까와 비교하자면 한참이나 부족한 속도와 위력. 마음에 들지는 않는다.

하지만 이것이 지금의 사마련주가 쓸 수 있는 최선이었다. 그렇다면, 사용해 줄 수밖에 없다.

쉭.

자그마한 소리와 함께 사마련주가 움직였다. 질풍신뢰는 쓸 수가 없었다. 그는 호신강기조차 두르지 않고 맨몸으로 틈 없는 장력의 벽 사이로 뛰어들었다.

그런 사마련주의 행동은 무신이 보기에는 자살행위와 다름없었다.

궁지에 몰려 포기한 것인가? 아니, 그럴 리가 없다. 무신은 그를 확신했다. 마주한 사마련주의 눈에 절망감 따위는 없었으니까.

호신강기를 구성할 내공이 아깝다.

몸은 충분히 단단한가? 무신의 공격 앞에서는 무르겠지. 스치는 것만으로 치명상이다.

좋다. 공중을 뛰어 달리는 사마련주의 얼굴에는 웃음이 가득했다. 살아생전 이만큼이나 절체절명의 순간을 맞은 적이 있던가?

피한다.

피하고, 피하고. 계속해서 피했다. 몸은 아까만큼 빠르지는 않았으나 감각은 예리했고 두 눈은 밝았다.

장력과 장력이 이어지는 틈 사이를 정확히 파고든다. 그 경이적인 몸놀림에 무신이 놀랐다. 아직 저만한 여력이 있다는 것도 놀랍다. 월후의 죽음으로 분노했던 이성을 식혔다.

정면충돌은 안 된다. 사마련주는 그것을 확실하게 이해했다. 이 얼마 안 되는 내공을 긁어모아 충돌해 봤자 이쪽이 부서질 뿐. 무신의 양손이 미끄러진다. 잔영을 만들어낸 그것은 수백의 권법이 된다.

아까는 정면으로 부술 수 있었으나 이번에는 안 된다. 피한다. 거리를 벌린다. 그러자 무신이 손을 뻗어 공간 축을 붙잡았다.

우드드득!

뒤로 밀어낸 몸이 무신 쪽으로 당겨진다. 초월지경의 심득은 내공 소모가 크다. 하지만.

할 수 있다.

내공이 메말라가는데. 내상으로 인해 몸을 움직이기도 힘든데. 사마련주는 그것을 믿어 의심치 않았다.

확실하게 알았다. 무신에 의해 당겨지는 몸과 수백의 권법이 만들어내는 매서운 권풍.

스치는 것만으로 몸을 분쇄시킬 칼바람과 세상 전체를 폭격하듯 거대한 강기 속에서도 사마련주는 확신했다.

어쩌면, 이라는 말은 이제 떼어내자. 붙일 필요가 없게 되었으니까. 아니, 그러면 검선이 서운해할까. 검선과는 아직 싸워보지 않았는데.

'그 정도는 용서해 주겠지.'

애초에 알고 있지도 않을 테고.

"본좌는."

공간축이 당겨져 끌려가는 중, 사마련주가 입을 열었다. 자신을 분쇄하기 위해 닥쳐오는 수백의 권법 앞에서. 사마련주는 후련한 목소리로 중얼거렸다.

"사파제일인이고."

권법을 향해, 사마련주는 손을 뻗었다.

"천하제일인이고."

펼친 손을 쥔다.

"고금제일인이다."

사라졌다.

수백의 권법이 그대로 증발해 버린다. 무신은 대체 무슨 일이 일어난 것인지 이해하지 못했다.

그는 뻗던 주먹을 그대로 멈추고 부릅뜬 눈으로 사마련주를 보았다.

"하하하!"

사마련주는 큰 소리로 웃었다. 이렇게 스스로 인정하고 나니 후련하고 기분이 좋았다.

이 순간, 사마련주는 미련이 없다고 느꼈다. 무당의 검선? 태극검진? 소림의 백팔나한진? 의미 없다. 싸워보지 못했음에도 알 수 있다. 나는 그들보다 강하며, 나야말로 천하제일이자 고금제일임을.

내공은 메말라 있다. 방금 전의 일수가 어떤 것인지 사마련주는 이해하지 않았다.

그럴 필요가 없다고 여겼기 때문이다. 평온한 얼굴의 사마련주를 향해 무신이 고함을 질렀다.

그는 확실하게 사마련주를 죽이기 위해 달려들었다. 호신강기를 가득 두르고 달려드는 무신을 향해 사마련주는 빙긋 웃었다.

쩌엉.

무신이 내지른 주먹과 사마련주의 손바닥이 닿았다.

말도 안 되는 일이 일어났다. 내공을 거의 쓰지 못하고, 심한 내상을 입은 사마련주의 손을.

전력을 다해 던진 무신의 주먹이 부수지 못했다.

무신은 전진하지 못하는 자신의 주먹을 보며 두 눈을 부릅떴다. 이건 또 무슨 말도 안 되는 일이란 말인가? 왜…… 나아가지 못하는 거냐. 분명히 닿았는데. 내공도 느껴지지 않는 저 손을 왜 뚫고 지나갈 수가 없단 말이냐.

사마련주는.

무신이 아닌 다른 것을 보고 있었다. 그것은 구불구불한 외길이었다.

어디로 이어지는지 모르는 길.

사마련주는 뒤를 돌아보았다. 아무것도 보이지 않는다. 자신의 몸을 내려 본다. 왼팔이 잘렸었는데, 지금의 눈에는 잘렸던 왼팔이 멀쩡하게 보이고 있었다.

하하.

사마련주는 자신의 몸과 앞에 펼쳐진 길을 보며 웃음을 흘렸다.

많은 이들이 보였다. 사람인지 무언지. 구부러진 곳에 주저 앉아 쉬는 이들도 모였고, 느릿하게나마 앞으로 나아가는 이들도 보인다.

그들 중에서 뒤로 돌아오려 하는 이들은 아무도 없었다. 돌아가기에 늦었다는 것을 알았을 테고, 이곳까지 왔으니 더는 뒤로 돌아가고 싶지 않겠지.

사마련주는 머리를 들었다. 그는 외길의 끝에 서 있는 남자를 보았다.

널찍한 어깨에 단단한 체격을 가진 남자였다. 등을 돌리고 서 있던 남자는, 사마련주의 시선을 느낀 것인지 머리를 돌려 사마련주를 보았다.

사마련주는 남자의 두 눈에서 느껴지는 광폭하면서도 절대적인 힘에 전율했다.

"아, 그래."

사마련주가 머리를 끄덕거렸다. 필멸자의 영역을 완전히 벗어나는 길은 이곳에서부터 시작이다.

한 번 걸어가기 시작한다면 당장 되돌아오는 것은 불가능하다. 지금부터 걸어갈 수 있다.

'잠깐.'

아주, 잠깐이면 된다.

외길이 눈앞에서 사라졌다. 시간이 잠깐 멈췄었나. 무신은 달려드는 모습 그대로 정지해 있었다.

　사마련주가 무신의 모습을 보자, 다시 무신이 앞으로 뛰어든다.

　사마련주는 피식 웃으며 손을 앞으로 뻗었다.

　터억.

　무신의 왼손이 사마련주에게 잡혔다.

　"먼저 가 있도록 하마."

　사마련주가 중얼거렸다.

　"네가 올 수 있을지는 모르겠다만. 후후…… 확실한 것은 알겠군. 본좌가 여기서 너를 죽인다면, 너는 오지 못해."

　"뭐냐……?!"

　"하나만 가져가마. 하나만."

　사마련주는 그렇게 중얼거리며 손을 움직였다.

　우두둑!

　무신의 왼팔이 허무하게 뜯겼다. 무신의 입이 크게 벌어졌다.

　"본좌가 사라지게 만들었으니. 이 정도 대가는 오히려 싸지. 팔 하나로 그만둔 것은 본좌가 너를 꽤 존중하기 때문이다. 그리고, 만약에라도 너를 죽여야 한다면. 본좌가 아닌 본좌의 제자에게 맡겨보고 싶어졌거든."

　"으아아아아악!"

무신은 팔에서 느껴지는 끔찍한 통증에 비명을 질렀다.

사마련주는 큭큭 웃으며 뜯어낸 무신의 왼팔을 던졌다. 그러고서, 사마련주는 후련한 얼굴로 머리를 돌렸다.

그가 보는 것은 먼 설원의 끝에 서 있는 제니엘라와 주원이었다.

제니엘라의 놀란 눈과 사마련주의 눈이 마주쳤다.

"미래는 부정했다."

결계에 가로막혔어야 할 목소리는 확실하게 제니엘라에게 전해졌다.

사마련주는 제니엘라의 표정이 변하는 것을 보며 큰 소리로 웃었다.

제니엘라는, 자신이 본 미래에서 사마련주가 죽는다고 말했었다. 틀림없이 그랬다. 피를 토하고, 쓰러져 죽게 될 것이라고.

틀렸다.

"너무 슬퍼하지 마라. 분노하지도 말고. 어린아이처럼 대책 없이 굴지도 마라."

그 목소리는 이성민에게 향했다.

"본좌가 말하지 않았느냐. 무신으로는 안 된다. 월후로도 안 됐다. 신령이 개입했었어도 안 됐다. 죽음이라는 미래를, 본좌는 부정해냈다. 그래. 본좌는 죽지 않는다."

다시 외길이 보인다.

"먼 곳으로 갈 뿐이지. 어쩌면 너도 언젠가 이곳에 오게 될지도 모르겠구나. 그때가 되면, 망설이지 마라. 미련도 남기지 말고."

"스승님!"

이성민이 고함을 질렀다. 그는 머릿속에 들리는 사마련주의 목소리를 똑똑히 들었다.

불길함이 현실이 되어간다. 이성민은 부서지지 않는 벽에 손을 대고 외쳤다.

"무당…… 무당에 가기로 하지 않았……."

"언젠가 네가 가보아라."

사마련주가 껄껄 웃었다.

"본좌는 갈 필요가 없게 되었으니."

뜯긴 왼팔에서 피를 뿜는 무신이 핏발 선 눈으로 사마련주를 덮쳐온다. 하지만 그의 공격은 사마련주에게 닿지 않았다.

"적색 마탑주. 부탁했던 것은 기억하겠지. 바로 지금이야."

스칼렛에게 그렇게 말했다. 그리고 예화를 보았다.

"너를 이곳에 괜히 데리고 왔구나. 네가 그리 보고 싶지 않아 하는 장면을 보여주게 해버렸어. 복수를 생각하지는 마라. 복수할 필요가 없으니까. 유언…… 후후! 유언을 남기자면. 다른 친위대의 아이들과 함께 행복하거라. 세상은 질리기 전까지는 꽤 재미있으니까."

"련주님……."

예화는 그 자리에 주저앉았다. 마지막으로. 사마련주는 흑룡협을 보았다.

"맹세했던 것은 물리도록 하지. 스스로의 뜻을 강제로 억압하는 것은 불쾌한 일이니까."

"……."

흑룡협은 대답하지 않았다.

"여기까지군."

생각을 해보았지만, 더 할 말은 없다. 사마련주는 무신을 힐끗 보았다.

그래도, 가기 전에. 사마련주는 무신을 향해 히죽 웃었다.

"본좌는 너보다 강했다."

"으아아아아!"

무신이 고함을 지른다.

그 고함조차 멀게 들렸다.

사마련주는 맞닥뜨린 외길을 응시했다.

미련은 없다. 고금제일인이었고, 천하제일인이었다.

인간으로서의 끝을 보았다. 하지만 아직은 부족하다. 더 나아갈 수 있는 길을 보게 되었으니, 이제는 그 길을 걸어 볼 생각이다.

"사파제일인, 천하제일인, 고금제일인."

사마련주는 들으라는 듯이 내뱉었다. 길을 걷는 모든 이들을 향해서. 그 길의 끝에 서 있는 남자를 향해서.

"본좌는 마황 양일천이다."

사마련주는 길을 걷기 시작했다.
사마련주의 두 눈에서 빛이 사라졌다. 혼은 다른 곳으로 떠났으나 육체는 그대로 남았다. 축 처진 몸뚱이가 땅으로 추락했다.
"뭐, 뭐냐."
무신은 갑자기 사마련주가 쓰러져 떨어지는 것을 보고 더듬거리며 외쳤다.
"왜……?"
이해하지 못할 일이 연이어 일어나고 있었다.
떨어지는 사마련주의 시체를 보며, 이성민은 주저앉아 버렸다.
모르겠다.

사마련주가 마지막에 했던 말들.

유언들. 오늘이 아니라고 했는데 결국 그는 죽었다.

왜, 사마련주. 죽음을 앞에 두고서 그렇게 즐거워 보였는 지. 이성민은 이해할 수가 없었다.

왜 그가 굳이 오늘, 이 자리에서 죽었어야 하는 것인지도 모르겠다. 미리 제니엘라에게 듣기까지 하지 않았었나. 피하고자 하면 얼마든지 피할 수 있었다.

[피하고 싶지 않았던 것일 테지.]

허주가 무덤덤한 목소리로 말했다.

그는 사마련주가 마지막에 했던 말이 어떤 의미인지 어렴풋이 이해하고 있었다.

그 역시 외길 앞에 섰던 적이 있었으니까. 그 길을 걷는 것이 어떤 의미인지도…… 허주는 잘 알고 있었다.

"……도망."

스칼렛이 간신히 목소리를 냈다.

"도망쳐야 해."

사마련주에게 부탁을 들었었다. 지금이야말로 그 부탁을 이행해야 할 때였다.

하지만. 스칼렛은 주저앉은 이성민의 등을 보았다. 이유가 어찌 되었든, 눈앞에서 스승의 죽음을 목격한 그가 대체 어떤 기분일지.

어떤 생각을 하고 있는지. 스칼렛은 도저히 짐작할 수가 없었다.

무신은 바닥에 누워있는 사마련주의 시체를 내려 보았다. 죽었는데…… 틀림없이 죽었는데.

그의 얼굴에는 희미한 미소가 어려 있었다. 잘린 왼팔에서는 더 이상 피가 흐르지 않는다.

하지만 무신의 팔에서는 피가 흘렀다. 그는 왼 팔뚝을 움켜잡았다. 자신의 팔을 뜯어내면서 사마련주가 했던 말을 떠올린다.

너보다 강했다, 라는 말. 무신은 그 말에 반박을 떠올릴 수가 없었다.

특히, 사마련주가 마지막에 보여주었던 수법이 대체 어떻게 가능했던 것인지를 도저히 이해할 수가 없다.

'제자.'

무신의 생각이 이성민에게 미쳤다.

너를 죽일 수 있지만, 죽이지 않겠다고 했다. 팔 하나만 가져가겠다고 했다.

그 이후의 일은 제자가 알아서 하게 내버려 두겠다고 했다. 무신은 급히 머리를 돌렸다. 주저앉아 있는 이성민의 모습이 보였다.

"도망쳐야 한다고……!"

스칼렛의 외침을 들으며 이성민은 비틀거리며 몸을 일으켰다.

누워있는 사마련주의 시체가 보인다. 팔이 잘린 무신은 결계 너머에서 이성민을 노려보고 있었다.

빠득.

이성민은 이를 갈며 창을 잡았다.

[그만둬라.]

허주가 경고했다.

[저놈도 멀쩡해 보이지는 않는다만, 그래도 너보다는 강하다.]

알고 있다. 이성민은 두 눈에 힘을 주고 무신을 노려보았다. 이성민과 무신 사이를 나누고 있던 결계는 사라져 가고 있었다.

무신이 하나뿐인 손을 들어 올렸다.

우우우웅!

푸른 강기가 무신의 손바닥을 뒤덮었다. 최초의 목적을 이미 달성한 결계는 흐릿하게 변해가며 사라지고 있었다.

스칼렛이 마차에서 뛰어 이성민을 향해 달려왔다.

무신의 손에서 힘이 폭발한 순간.

콰르르르르!

와류를 만들어내며 쏘아진 창이 무신의 등을 노렸다. 무신은 흠칫 놀라 자세를 비틀었다. 내상과 결계로 인해 간파하는 것이 느렸다.

그는 활짝 펼친 손으로 공기를 찢으며 다가오는 창을 막아냈다.

콰아앙!

커다란 폭발음 뒤에 무신은 얼굴을 일그러뜨리며 고함을 질렀다.

"창왕!"

창을 던진 것은 창왕이었다. 먼 거리에서, 창왕은 싸늘하게 식은 눈으로 무신을 노려보고 있었다.

"왜 나를 막는 것이냐!"

"비겁자를 따르고 싶지는 않다."

무신의 외침에 창왕은 끓는 목소리로 대답했다. 그는, 무신과 사마련주의 싸움을 보았다.

월후가 개입하여 무신과 합공하는 것도 보았다. 결국에 월후가 죽고, 사마련주가 죽었다.

창왕은 그것을 도저히 납득할 수가 없었다. 일대일의 싸움이었다. 싸우는 것이 길거리 파락호도 아니었고, 천하제일을 다투는 두 인물이었다.

한데 그 싸움은 정정당당하지 못했다.

"나는 더 이상 널 따르지 않겠다."

"이런 미친놈이……!"

[시간 벌이 정도는 해주지.]

이성민의 머릿속에서 창왕의 목소리가 울렸다.

[가라. 무신이 내상을 입었다고는 하지만, 그래도 내가 상대하기에는 벅차다. 말 그대로 시간 벌이밖에 안 되니까 빨리 도망쳐라.]

도망치라고?

어디로?

알 수 없었다. 대체 어디로 도망쳐야 한단 말인가. 사마련주의 시체를 두고서 가야 하나? 아무것도 하지 못하고. 원수를 갚지 말라, 그렇게 말하였지만. ……그런 말이 마음과 감정의 동요를 가라앉혀 주는 것은 아닌데.

[도망칠 방법은 있나?]

스칼렛의 머릿속에서 전음이 들렸다. 그 전음은 흑룡협의 것이었다.

스칼렛은 놀란 눈으로 흑룡협을 보았다. 그녀는 흑룡협을 완전히 믿을 수가 없었다.

사마련주는 죽기 전에 흑룡협에게서 받은 맹세를 없던 것으로 하였다. 그 말인즉, 지금의 흑룡협은 아무런 제약도 가지고 있지 않다는 뜻이었다.

[나를 의심하는군. 그럴 만도 하지만…… 이거만큼은 맹세하지. 나는 이곳에서 너희를 도망치게 만들 것이다. 방법이 있다면 말이다.]

"어째서?"

[내가 그리 하고 싶으니까.]

흑룡협은 주저 없이 그렇게 대답했다. 그 말에 스칼렛은 눈을 깜박거리며 흑룡협을 보았다.

쿠르르룽!

무신이 끌어낸 힘이 공간을 진동시킨다. 시간이 없다. 흑룡협이 내뱉었다. 스칼렛은 어쩔 수 없이, 사마련주가 맡겼던 '부탁'에 대해서 흑룡협에게 설명해 주었다.

"그렇군."

흑룡협은 살짝 머리를 끄덕거렸다. 그는 내공을 줄기차게 내뿜고 있는 이성민의 등을 보았다. 흑룡협의 몸이 움직였다.

파바박!

등 뒤에서 혈도를 점한다. 이성민의 얼굴이 하얗게 질렸다. 흑룡협은 그것으로 그치지 않고서 즉시 연화의 혈도마저 점했다.

축 늘어진 둘의 몸을 잡고서 흑룡협은 스칼렛을 돌아보았다.

"이거면 되나?"

"충분하죠."

이성민은 뭔가를 말하려 하였지만 아혈이 봉해진 탓에 목소리를 낼 수가 없었다.

흑룡협이 의식하고 있지 않은 탓도 있었지만, 흑룡협은 지금의 이성민보다 더 높은 경지에 있는 고수였다.

그가 작정하고 뒤를 잡고서 혈도를 점했으니 피하지 못하고 당한 것은 어쩔 수 없는 일이었다.

"훌륭하군!"

무신은 흑룡협의 행동을 보며 외쳤다. 하지만 흑룡협은 그런 무신을 보지 않았다.

무신은 흑룡협이 제압된 이성민과 예화를 스칼렛에게 넘기는 것을 보며 눈썹을 찡그렸다.

"……뭐 하는 것이냐?"

"이미 돌아가기엔 늦었소."

흑룡협이 중얼거렸다.

"나는 이미 당신을 배신하였소. 그리고…… 나는. 천외천이라는 집단을 더 이상 믿을 수가 없을 것 같소."

"진심으로 하는 말인가?"

무신이 내뱉었다. 피부가 저릿할 정도의 압력이 밀어닥쳤지만, 흑룡협은 물러서지 않았다.

그가 천외천에 대해 불신을 품은 것은 제니엘라의 말 때문이었다.

김종현.

흑룡협은 영매의 말을 따라 김종현을 방해하였고, 그 일로인해 김종현은 마왕의 힘을 가지고도 이 세상에 잔류할 수 있게 되었다.

그것뿐만이 아니다. 생각해 보면…… 영매의 말은 언제나 납득이 쉽지 않았다.

특히나 귀창에 한해서는. 왜 진즉에 귀창을 죽이지 않았단 말인가?

기회는 언제든지 있었다. 귀창을 의도적으로 무시해 오고 적당한 압력만을 가한 탓에 천외천의 육존자가 셋이나 죽었다.

그리고 오늘, 월후까지도 죽어 버렸다.

"무신, 당신은 영매를 믿고 있소?"

"믿는다."

무신은 생각할 것도 없다는 듯이 대답했다.

"오늘의 일로 더욱 믿을 수밖에 없게 되었지. 월후의 힘을…… 보지 못했느냐. 신령은 종언을 막기 위해 우리를 돕고 있고, 그 사자로 영매를 보내었다. 그리고 오늘. 종언의 일축인 사마련주를 막기 위해 월후로 하여금 직접 힘을 행사하였지."

"하하……."

무신의 말에 흑룡협이 마른 웃음을 터뜨렸다. 그는 머리를 좌우로 저으면서 중얼거렸다.

"나는 그 수상쩍은 존재를 도저히 믿을 수 없겠소이다."

"그래서 천외천을 배신하겠다는 것인가?"

흑룡협은 대답하지 않았다. 대답의 의미가 없었다. 이렇게 무신을 가로막고 있다는 것 자체가 흑룡협이 어떤 선택을 한 것인지에 대한 증명이었으니까.

흑룡협은 사마련주의 마지막 모습을 떠올렸다.

사마련주의 신위는, 그에게서 직접 무공을 배우지 않은 흑룡협조차도 동경을 느끼게 하기에 충분했다.

무신은 헛웃음을 흘렸다. 그는 투기를 발산하는 창왕과, 쓰러진 이성민의 앞에 보호하듯이 서 있는 흑룡협을 보며 무신은 오른손을 들어 올렸다.

"내가 너무 우습게 보인 모양이로군."

쿠구구궁……!

위로 들어 올린 무신의 손에서 거대한 힘이 휘몰아쳤다.

사마련주보다는 못했다고는 하나, 무신이 도달한 무위 역시 인간으로서의 정점이라 하기에 충분했다.

창왕이나 흑룡협이 강하다고는 해도 무신에 비할 바는 아니다, 창왕은 크게 숨을 삼켰고 흑룡협은 표정을 굳혔다.

"……어떡하죠?"

"가라."

흑룡협이 대답했다.

"나는 가지 않아."

"하지만……."

"창왕과 함께라면 목숨 부지하고 도망치는 것 정도는 할 수 있다."

스칼렛은 더 이상 흑룡협을 설득하지 않았다. 그녀는 제압되어 있는 이성민과 예화를 잡고서 품 안에 손을 넣었다.

그녀가 꺼낸 것은 한 장의 스크롤이었다. 예전에, 마차 안에서. 사마련주는 스칼렛에게 어떠한 부탁을 남겼다.

그런 일은 없을 것 같지만, 만약 자신이 죽거나…… 일행 전체가 위험한 상황에 처한다면, 예화와 이성민을 데리고 이 스크롤을 사용해 달라는 것이 사마련주가 스칼렛에게 남긴 부탁이었다.

'텔레포트 스크롤.'

장거리 텔레포트는 인간에게 허락되지 않은 마법이다. 하지만 아주 가끔. 인간에게 불가능한 장거리 텔레포트를 가능하게 해주는 마법 스크롤이 던전에서 발견되곤 한다.

이 스크롤 역시 던전에서 발견된 것으로서, 사마련주가 스크롤에 입력해 둔 도착 좌표는 이곳에서 아득한 거리에 있는 레그로 숲이었다.

'아무리 괴물이라고 해도 거기까지 쫓아오지는 못하겠지……!'

부우욱!

스크롤을 찢자, 그 안에 담긴 마력이 개방되고 마법이 구현되었다. 무신은 흠칫 놀라 손에 모은 힘을 단번에 터뜨렸다.

쿠르르르릉!

푸른 강기의 폭풍이 사방으로 몰아친다. 창왕은 한 손에 쥔

창을 붕붕 돌리며 강기를 회전시켰다.

흑룡협은 드래곤의 비늘을 모조리 꺼내고 호신강기를 끌어올리며 스칼렛과 예화, 이성민의 앞을 가로막았다.

마법이 완전히 완성되는 동안 시간을 벌어주기 위함이었다.

번쩍!

이질적인 마력의 빛이 한 번 터지고, 사라진다.

텔레포트는 성공했다. 아득한 부유감 속에서 이성민은 모든 공간이 멀어지는 것을 보았다.

요정마를 탔을 때와 똑같은 감각이었다. 이성민은 지금 자신에게 어떤 일이 일어나는 것인지를 깨달았다.

그는 멀어지는 무신과 사마련주의 시체와, 가로막는 흑룡협과, 폭풍을 찢고 덤벼드는 창왕의 모습을 보았다.

'아.'

나는.

아무것도 하지 못했다.

콰당탕!

적당한 높이에서 떨어졌지만, 스칼렛은 낙법을 펼치지 못했다.

엉덩방아를 찧고 앉은 스칼렛은 아픈 신음을 흘리며 몸을 일으켰다.

엉덩이를 양손으로 문지르던 그녀는 조금 늦게 이성민과 예화를 떠올렸다.

스칼렛이 낙법을 펼치지 못했던 것처럼. 예화와 이성민은 땅에 널브러져 있었다.

몸도 움직이지 못하는 상태에서 추락해 버렸으니 어쩔 수 없는 일이었다. 그나마 그리 높지 않은 곳에서 떨어졌다는 것이 둘에게 있어서는 다행인 일이었다.

"괘, 괜찮아?"

스칼렛은 걱정스러운 목소리로 물으며 둘에게 다가왔다. 그때. 스칼렛은 깨달았다.

'점혈은 어떻게 푸는 거야?'

스칼렛은 마법사다. 점혈을 어떻게 푸는 것인지에 대한 방법은 알지 못했다.

주변에서 깔깔거리는 웃음소리가 들렸고, 스칼렛은 미간을 찡그렸다.

어느 집 애들이 웃어대는 거야? 스칼렛은 두 눈에 힘을 주고 주변을 둘러보았다.

"요, 요정……?!"

몰려드는 요정들을 보며. 스칼렛의 입이 쩍하고 벌어졌다. 실제로 요정을 보는 것은 처음이다. 스칼렛이 놀란 입을 뻐끔거릴 때.

"련주가 죽었구나."

혈도가 제압된 상태에서. 이성민은 눈동자만을 움직여 오슬라를 보았다.

그녀는 화려한 나비 날개를 축 늘어뜨리며 이성민을 내려보고 있었다. 언제나 장난스러운 웃음을 짓던 그녀였지만, 지금의 표정은 당장이라도 울 것만 같았다.

"그래도 다행이야."

오슬라는 그렇게 말하면서 손을 뻗었다. 뻗은 손에서 빛의 입자가 휘날리며 이성민과 예화의 몸을 덮었다.

"련주는 자신의 죽음에 후회하지 않았어."

혈도가 풀렸다. 이성민은 급히 몸을 일으켰다. 그는 원망스러운 눈으로 스칼렛을 한 번 본 뒤에, 오슬라를 보았다. 오슬라는 머리를 떨구고서 그 자리에 서 있었다.

"……오슬라 님."

"괜찮아."

오슬라가 머리를 가로저으며 말했다.

"련주가 바라였던 일이니까."

오슬라가 양손을 든다. 그녀의 손이 향한 땅 위에서 아름다운 꽃들이 피어났다.

그리고 그 위에, 한쪽 팔을 잃은 사마련주의 시체가 나타났다.

7장
유언(1)

"스승……."

"아아악!"

이성민이 놀란 목소리로 뱉은 말이 끝나기도 전에, 예화가 비명을 질렀다.

휘청거리며 다가온 예화는 사마련주의 시체 앞에서 주저앉았다.

바르르 떨리는 두 눈에서 펑펑 눈물이 흘렀다. 그녀는 머리를 숙이고 오열했고, 떨리는 손을 뻗어 사마련주의 몸을 더듬었다.

그런 예화의 곁으로 이성민은 조용히 다가갔다. 가슴 안에서 심장이 미친 듯이 뛰었다.

머리는 터질 것만 같았고 목이 바짝바짝 말랐다.

손끝에서 느껴지는 감각이 이상했고 전신 피부에 느껴지는 감각도 이상했다. 끔찍하게 싫은 기분이었다.

이성민은 손을 들어 가슴을 움켜쥐었다.

광천마가 죽었을 때가 떠올랐다.

사마련주의 시체를 본다.

왼팔이 잘린 시체. 몸에는 상처가 거의 없었지만, 입고 있는 무복은 지저분했고 머리는 조금 산발이었다.

고통 한 점 없는 얼굴은 평온했고 잘린 팔뚝에는 피가 조금도 흘러내리지 않았다.

이성민은 가느다란 미소를 짓고 있는 사마련주의 얼굴을 보며, 그가 마지막에 남긴 말을 떠올렸다.

-미래는 부정했다.

-너무 슬퍼하지도, 분노하지도, 어린아이처럼 대책 없이 굴지도 마라.

-무신으로는 안 된다. 월후로도 안 됐다. 신령이 개입했었어도 안 됐다. 죽음이라는 미래를, 본좌는 부정해냈다. 그래. 본좌는 죽지 않는다.

-먼 곳으로 갈 뿐이지. 어쩌면 너도 언젠가 이곳에 오게 될지도 모르겠구나. 그때가 되면, 망설이지 마라. 미련도 남기지 말고.

무당에 가기로 하지 않았냐는 외침에, 사마련주는 웃으면서 대답했었다. 자신은 이제 갈 필요가 없게 되었다는 대답이었다.

무슨 말인지…… 모르겠다. 이성민은 예화의 옆에 주저앉았다.

그는 허망한 눈으로 사마련주를 내려다보았다. 그 초인적인 강함을 가지고 있던 사마련주가 눈앞에 죽어 있다는 것을, 그는 도저히 받아들일 수가 없었다.

타구봉진을 손쉽게 부수고 흑룡협을 어린아이처럼 제압했다. 천외천의 정점이라는 무신조차도 사마련주의 상대는 아니었고 월후와의 합공조차도 견뎌냈다.

[모르겠군.]

허주가 중얼거렸다.

[그, 월후라는 계집과 무신이 합공했을 때 말이다. 그 순간에서도 사마련주는 둘을 압도하고 있었다. 그런데…… 갑자기 힘이 쭉 빠져버렸어. 왜 그렇게 된 것인지 이해가 잘 되지 않는다.]

그것은 이성민에게도 의문이었다. 사마련주의 우위는 좀처럼 뒤집을 수 없는 것이었고, 그대로 싸움이 계속되었다면 무신과 월후는 사마련주에게 패배했을 것이다. 사마련주도 죽지 않았을 것이다.

"……왜 이곳에 시체가?"

사마련주의 죽음에 대한 의문을 풀 방법이 없다는 것을 알았기에. 그에 대해 생각하는 대신에, 사마련주의 시체를 보면서 물었다.

날개를 축 늘어뜨리고서 공중에 떠 있던 오슬라가 천천히 아래로 내려왔다.

"……예전에. 련주가 말했던 적이 있어. 만약, 그런 일은 없겠지만. 자신이 죽게 된다면…… 이 숲에 묻히고 싶다고 말이야. 나는 그 약속을 들어주고 싶었던 거야."

"……왜 우리는 이곳에 있는 겁니까?"

"사마련주의 부탁이었어."

그에 대해 대답한 것은 스칼렛이었다. 그녀는 우울한 표정으로 양손에 남은, 찢어진 스크롤을 구겼다.

"나한테만 한 부탁이었지. 만약에…… 자신이 죽거나, 위험한 상황이 된다면. 너와 예화를 데리고 텔레포트 스크롤을 사용하라고 말이야."

"그건 련주가 오래전에, 던전에서 얻은 스크롤이야."

오슬라가 한숨을 내쉬었다.

"그 후 이곳의 좌표를 입력하도록 내가 도와주었지. 설마…… 이렇게 사용할 줄은 몰랐지만 말이야."

"……왜."

예화가 떨리는 목소리로 내뱉었다.

"왜, 련주님이 죽었어야 한 거죠. 왜……! 텔레포트 스크롤이라면 련주님도 함께 사용할 수 있었을 텐데……!"

"아니, 불가능했어."

예화의 외침은 오슬라가 즉시 부정했다.

"련주는 신령의 결계 안에서 싸웠다. 그 안에서는 텔레포트 스크롤을 사용했다 해도 탈출하는 것은 불가능해. 그리고…… 그걸 알면서도, 싸우는 것을 선택한 것은 련주야. 련주가 그것을 바라였었지."

"어째서……."

"그렇게 하고 싶었으니까."

이성민이 작은 목소리로 대답했다.

"그게 전부겠지요."

여태까지 그랬던 것처럼. 이성민은 웃으면서 죽은 사마련주의 시체를 내려 보면서 생각했다. 오슬라는 사마련주의 머리맡에 웅크리고 앉았다.

그녀는 자그마한 양손을 뻗어 사마련주의 얼굴을 어루만졌다.

"……련주는 죽은 것이 아니야."

"네……?"

예화가 놀란 목소리로 물었다. 그녀는, 일말의 기대를 담은 얼굴로 오슬라를 보았다. 오슬라는 그런 예화의 시선에 쓰게 웃었다.

"그렇다고 다시 살아날 수 있는 것은 아니지만. ……기대에 맞춰주지 못해서 미안해."

"그게…… 대체 무슨 말입니까?"

"련주는…… 그러니까, 련주의 혼은. 이 세계가 아닌 다른 세계로 나아간 거야. 필멸자의 굴레를 완전히 벗어나, 그 상위 격의 존재가 되기 위해 이 세계를 이탈한 것이지."

"그게 무슨……"

"사실…… 죽었다고 하는 편이 맞을지도. 결국 이 세계에 돌아올 수는 없는 것이니까 말이야. 어찌 보면 사후세계로 향했다고 하는 편이 맞을지도 몰라."

그래서인지. 오슬라의 목소리는 축 처져 있었다. 필멸자의 굴레를 완전히 벗어났다. 상위 격의 존재…… 이성민은 이해하지 못했지만, 허주는 그 말이 무슨 뜻인지 이해했다.

그 역시, 그러한 '길'을 본 적이 있었다.

"……유언이…… 있었어."

이성민의 곁에 다가온 스칼렛이 중얼거렸다.

"사마련주가 나한테 텔레포트 스크롤을 맡겼을 때. 자신의 유언장도 함께 맡겼었어. 읽어본 적은 없고…… 사실 읽을 기회도 없을 것이라 생각했는데."

스칼렛은 아공간 포켓에서 둘둘 말린 서찰을 꺼냈다.

서찰을 건네받고서, 이성민은 붉은 끈으로 묶인 서찰을 내려 보았다.

잠시 머뭇거리다가 끈을 풀어낸다. 길게 펼친 서찰에는 빼곡하게 글자가 적혀 있었다.

〈본좌가 죽었나?〉

유언장의 첫 문장을 읽은 순간. 이성민의 표정이 굳었다.

〈죽는 일은 없을 것이라 생각했는데, 아무래도 죽은 모양이로군. 미리 준비해 두어서 다행이라고 여겨야 하나? 해둬야 할 것 같아서 유언장을 적기는 했다만, 사실 본좌는 본좌가 죽을 것이라는 것을 조금도 생각하고 있지 않아.〉

그렇게 생각하지 못한 것은 이성민도 마찬가지였다.

〈그런데도 죽게 되었다는 것은, 본좌가 상상하지 못한 일이 일어났다는 것이겠지. 뱀파이어 퀸이 본좌를 죽인 것인가? 아니면 무신이나 검선? 뭐, 너희가 이것을 읽고 있는 시점에서 본좌는 이미 죽었을 테니. 유언장을 적고 있는 지금의 본좌가 그것을 궁금해 여겨봤자 의미가 없겠구나. 그래서, 너희는 지금 어떤 기분이냐.〉

함께 유언장을 읽고 있던 예화가 입을 틀어막았다.

터진 울음은 소리 죽인 흐느낌이 되었다. 이성민은 파들거리며 떨리는 아랫입술을 꽉 씹었다.

〈예화는 울고 있겠지. 적색 마탑주도 우울해하고 있나? 제자, 너는 어떠냐. 스승인 본좌의 죽음에 슬퍼하고 있나?〉

당연히.

〈하지 마라.〉

거리낌 없이 적은 필체에서 사마련주의 웃음소리가 들리는 것만 같았다.

〈만약 본좌가 죽었더라면, 그것은 본좌가 선택한 죽음일 것이다. 본좌가 이곳에서 죽겠다고 마음먹고 선택한 죽음이라는 것이지. 그리고 반드시, 본좌는 그 죽음에 후회 따위는 갖지 않았을 것이다. 이 세상에서 누가 이 마황 양일천을 죽일 수 있겠느냐. 본좌가 그런 죽음을 맞았더라면, 틀림없이 그 죽음에 만족했을 것이다.〉

그렇다고 해서, 감정을 강요하지는 말라고. 이성민은 그렇게 생각했다.

당신이 만족스러운 죽음을 맞았다고 하여도 남겨진 사람들은 만족할 수가 없다. 당신이 후회 없는, 바라 마지않던 죽음을 맞았다고 하여도 남겨진 사람들은 슬퍼할 수밖에 없다.

〈본좌는 수백 년을 살았다. 데니르의 세계에서 천 년을 살았다. 그렇게 얻게 된 힘은 본좌의 자랑이며, 본좌는 스스로의 성취에 언제나 만족해 왔다. 동시에 항상 바라기도 하였다. 본좌는 스스로 죽을 곳을 선택하고 싶었고, 죽을 상황을 선택하고 싶었으나. 본좌의 힘은 그것을 선택하게 하기에는 너무나도 강했지. 그럼에도 본좌가 죽게 되었다는 것은, 본좌가 바라던 것을 손에 넣었다는 뜻이다.〉

그 자기 파괴적인 바람은 잘 알고 있다.

〈사실 이렇게 말해 봤자 너희가 겪는 슬픔과 분노를 달랠 수 없다는 것은 본좌도 알고 있다. 본좌는 이미 죽었으니까 말이다. 노파심과 오지랖으로 이런 말을 적고 있을 뿐이다. 사실 저 말들 외에는 할 말이 그다지 없다만, 결국 본좌가 죽었다는 것은 사실일 테니. 남겨진 너희에게 할 말을 적어보도록 하마.〉

예화.

유언장 속에서, 사마련주가 그녀의 이름을 불렀다.

〈네가 많이 울고 있을 것이 뻔하구나. 하지만 극단적인 선택은 내리지 마라. 본좌는 죽었지만, 죽은 본좌가 싫어할 행동은 하지 마라. 복수하려 들지 마라. 네 능력으로는 무리다. 개죽음이 될 뿐이다. 본좌는 행복한 죽음을 맞았으니, 괜히 본좌의 뒤를 따라와 저승에서 수발을 들겠다는 머저리 같은 생각도 하지 마라.〉

함께 유언장을 읽던 예화는 속내를 들킨 것 같아 흑하고 울음을 삼켰다. 사마련주가 말했던 대로였다.

예화는 앞뒤 가리지 않고 무신을 찾아가, 그와 싸우다 죽을 생각이었다.

〈네 목숨을 거둔 것은 본좌다. 본좌는 이미 죽었겠지만, 본좌가 거둔 목숨이니 그를 어찌 활용할지는 본좌가 결정할 것이다. 너는 살아라. 너뿐만이 아니다. 본좌가 거둔 친위대 전원이 살아야 한다. 무림을 떠나도 좋고 남아도 좋겠지만, 이것 하나는 명심해라. 기왕 살게 된 목숨이니 오래오래, 아주 잘 살도록 해라. 예화, 너와 다른 친위대는 더 이상 사마련의 일에 관여하지 마라.〉

"……주군."

예화가 우는 목소리를 내며 머리를 떨구었다.

〈적색 마탑주에게는 딱히 할 말이 없군. 아, 그래. 고맙다는 말은
해야겠어. 너희가 유언장을 읽고 있다는 것은, 적색 마탑주가 본좌의
부탁을 모두, 성공적으로 해주었다는 뜻일 테니까. 알고 있나? 본좌
는 이 유언장을 적으면서, 단 한 번도 이 유언장을 읽는 자들이 너희
가 아닐 것이라 생각하고 있지 않아. 적색 마탑주를 무조건적으로 믿
고 있다는 것이지.〉

"……그리 어려운 일도 아니었으니까."

스칼렛이 헛기침을 하며 중얼거렸다.

〈왜 하필 적색 마탑주였느냐, 라고 의문이 들지도 모르겠군. 그것
은 본좌가 적색 마탑주와 사이에 둔 적당한 거리감을 믿었기 때문이
다. 얼간이 같은 제자나 예화에게 이 부탁을 전했다가는 제대로 들어
주지 않을 것이 분명하니까.〉

그것은 사실이었다. 만약 이성민이 사마련주에게 만약의 일
이 벌어졌을 때에 도망치라는 말을 듣거나, 유언장을 넘겨받았
더라면. 사마련주가 죽게 되었을 때에 절대로 도망치지 않았

을 것이다. 그것은 예화도 똑같다.

〈보답해 줄 만한 것이 없어서 미안하군. 제자에게 뜯어내도록 하시게나. 본좌는 이미 죽었으니 말이야. 그리고, 흑룡협. 네가 이 유언장을 읽고 있을지는 본좌도 잘 모르겠군.〉

죽음의 순간에, 사마련주는 흑룡협에게 강압적으로 받아냈던 맹세를 뒤로 물렸다. 사실 이성민은 그 이유를 잘 알 수가 없었다. 더 의문인 것은, 왜 흑룡협이 탈출을 도와주고 무신을 가로막았는가였다.

〈본좌는 너에 대해서 잘 모른다만, 네가 그리 빌어먹을 놈이 아니라는 것은 알았다. 너는 무신의 사상에 공감하는 것이 아니라, 무신이 네가 바라는 것을 해줄 수 있기에 그를 따르는 것이었지. 본좌의 죽음 이후로 네가 어떻게 행동할지는 잘 모르겠다. 네가 적이 되었을지, 아군이 되었는지도 잘 모르겠어. 너 하고 싶은 대로 하거라.〉

-스스로의 뜻을 강제로 억압하는 것은 불쾌한 일이다.

죽기 직전, 사마련주는 흑룡협에게 그렇게 말했다. 그 말을 할 때에, 사마련주는 무언가를 깨달은 듯했다.

〈오슬라. 본좌의 바람대로 되었더라면, 너 역시 이것을 읽고 있겠지. 네가 슬퍼하는 모습은 단 한 번도 본 적이 없는 듯싶어. 보지 못하고 죽게 되는 것이 안타깝군. 하지만 어쩔 수 없는 거야. 그리고……본좌는 너에게 미안함을 느끼고 있다. 언젠가 네 부탁을 들어주겠다고 하였는데, 본좌가 그것을 들어주지 못하게 되었으니까.〉

"련주는 바보야."
무릎을 웅크리고 앉은 오슬라가 중얼거렸다.
"바보 멍청이 쪼다야."

〈이 부분에서 오슬라가 나를 욕하고 있겠군. 그 정도 욕은 받아먹는 수밖에 없겠어. 하지만 오슬라. 너는 본좌의 바람이 무엇이었는지, 본좌가 어떤 죽음을 꿈꿔왔는지 누구보다 잘 알고 있을 것이다. 그러니 울지 마라. 본 적은 없지만, 네가 우는 얼굴은 필시 못생겼을 테니까.〉

"안 울었어!"
오슬라가 빼액 고함을 질렀다.

〈그리고, 본좌의 무능한 제자.〉

유언장의 마지막에서, 이성민이 언급되었다.

〈본좌가 예전에도 말했듯이, 본좌는 발악하는 범재를 좋아한다. 천재보다는 인간적이라 생각하니까. 본좌는 노력을 꽤 좋아하고, 너는 제법 그것에 잘 맞았다. 노력 외에 다른 가호가 있다는 것을 알게 되기는 했지만, 그래도 너를 싫어하지는 않아. 본좌가 너를 무능하다, 멍청하다라고 욕하기는 했지만. 본좌는 너를 제자로 거둔 것을 후회하지 않는다.〉

이성민은 주먹을 쥐었다. 눈앞이 흐릿했다. 울고 싶지 않은데, 눈물이 흐를 것만 같았다.

〈본좌는 너에게 많은 것을 해주고 싶었지. 본좌가 없더라도, 네가 혼자서 무언가를 할 수 있을 정도로. 가능하다면 본좌가 그런 상황을 만들어두고 싶었다만, 아마 본좌는 실패했을 것이다. 종언을 끌고 온 네 역할이 무엇인지는 모르겠지만, 아마 네 존재가 본좌의 존재보다 세상 운명이라는 것에서는 더 중요했을 거야. 결국 본좌는 퇴장해 줘야 한다는 것이다. 아마, 틀림없이 그렇게 되겠지.〉

"……아니야."
이성민은 꽉 눌린 목소리로 중얼거렸다. 아니다. 운명이고 뭐고, 당신은 이런 식으로 죽어서는 안 되었다. 내 역할이 뭐든 간에, 당신이라면 나보다 더 쉽게, 더 빠르게 내 역할을 대신할 수 있었을 것이다.

〈많은 생각을 했다. 네 몸을 타혈하여 흑뢰번천을 보다 효율적으로 펼칠 수 있게끔 만들었으나, 그것으로는 부족할 것이다. 종언이 뭔지는 모르겠지만 네가 막고자 하는 것은 세상의 끝이다. 네 능력으로는 턱도 없는 상대지. 네가 발악해 봤자 너는 실패할 것이다. 네가 아무리 노력해 봤자 실패할 것이야.〉

그럴 것이다. 이성민도 잘 알았다. 이번에도. 이성민은 아무것도 하지 못했다.

〈사마련의 일에 대해서는 너에게 맡기마. 네가 본좌의 후계자로서 사마련을 이끌어도 좋겠지만, 너는 단체를 이끄는 것에는 그리 어울리지 않아. 너 자신도 그렇게 생각할지는 모르겠다만. 사실 친위대가 없는 사마련은 덩치만 크지 실속은 거의 없다. 네가 싸워야 할 자들에게는 그리 도움이 안 될 것이다.〉

그에 대해서는 이성민도 잘 알고 있었다. 이성민은 그 아래 문장을 읽었다.

〈그래서. 이건 꽤나 끔찍한 말이다만.〉

그것에서 이어지는 문장을 읽고서. 이성민은 숨을 삼켰다.

〈본좌를 먹어라.〉

유언장을 읽는 모두가 경악했다.

"이게 뭔⋯⋯."

스칼렛이 경악하여 더듬거렸다.

울던 예화조차도 흐느낌을 멈추고 크게 뜬 눈으로 유언장을 보았다.

맙소사.

오슬라는 손으로 이마를 짚으며 중얼거렸다.

[음.]

이성민의 머릿속에서 허주가 신음을 흘렸다.

[역시, 미친놈이군.]

중얼거린 말에는 이성민도 상황과 감정을 잊고 공감할 수밖에 없었다.

그래도, 아직 유언장은 끝나지 않았다. 이성민은 호흡을 고르며 유언장을 다시 읽어 내려갔다.

〈무슨 뜻인지는 알겠지. 그리고 이게 뭔 개소리인가 라고도 생각할 것이다. 하지만 말이다. 생각해 보면 이것 외에 딱히 방법이 없잖느냐. 네가 가지고 있는 검은 심장은 먹은 것을 네 몸에 더한다. 요력이라는 난폭한 힘도 너는 어찌 되었든 손에 넣었고, 인간이 다룰 수 없다는 드래곤 하트의 힘도 흡수했다. 즉각적으로 힘을 얻는 것은 불가능하지만, 본좌를 먹는다는 것은 네가 더 성장할 여지를 손에 넣는다는 뜻이다.〉

그런 뜻임은 알고 있다. 아마, 아니, 틀림없이. 사마련주의 심장을 먹는다면 이성민은 그의 힘을 얻을 수 있을 것이다.

요력이나 드래곤 하트처럼 천천히, 육체는 사마련주의 힘을 사용할 수 있도록 진화해 나갈 것이다.

〈하지만 네가 이것은 선뜻 받아들일 수는 없겠지. 본좌는 네가 요괴가 되지 않기 위해 발악해 온 것에 대해 알고 있으니까. 인간인 본좌를 먹는다는 것은, 어쩌면 너를 완전한 요괴로 바꿔버리는 일일지도 모른다.〉

[맞는 말이다.]

허주가 대답했다.

[너무 위험한 일이야. 너는 이미 몸뚱이가 요괴로 변이되어 있고, 네 무의식 속에서는 요성(妖性)이 깃들어 있다. 그것은 기회가 된다면 어르무리 때처럼 언제고 튀어나와 네 몸뚱이를 빼앗으려 들 것이다.]

'그렇겠지.'

[그런 불완전한 상태에서, 스스로 인간이기를 바라는 네가 인간을 먹는다는 것은. 인륜(人倫)을 스스로, 완전히 부정하는 꼴이 되어버린다. 인간과 요괴의 경계에 서 있는 네가 완전히 요괴로 반전하기에 충분한 계기가 되어버리는 것이다.]

이성민도 그를 걱정하고 있었다. 유언장 속에서의 사마련주도 그를 염두에 두고 있었다.

⟨선택은 너의 몫이다. 네가 본좌를 먹을 것인지, 말 것인지. 본좌는 여지를 줄 뿐, 네가 무엇을 선택할지 강요할 생각은 없다.⟩

선택.

그 단어를 이성민은 오랫동안 보았다. 므쉬도, 오슬라도. 이성민에게 선택의 중요성에 대해 말해왔다.

언젠가 반드시 선택하게 되는 순간이 올 것이라고. 그것이 지금인 것일까. 인간성을 포기하고 힘을 얻는가. 힘을 포기하는가. 이성민은 조용히 눈을 감았다.

모르겠다. 여기서 무엇을 선택하는 것이 정답일까. 지금도 충분히 위험한 상황이다. 여기서 사마련주의 심장을 먹는다면 아마, 틀림없이 요괴로 변이할 것이다.

그렇게 되어버린 내가 '지금'의 나인지 아닌지 알 수가 없다. 이성민이 겪어 본 요괴로서의 자신은, 인간성이 완전히 말살되고 지성이라 할 것도 없는 날뛰는 괴물, 그 이상도 이하도 아니었다.

'나는.'

무엇을 해야 하는 것일까. 여기서 사마련주를 먹는다면 틀림없이 힘을 얻는다. 그리고 요괴가 되어버리겠지. 그렇게 되어버린 나는 나인가. 이성민은 '지금'의 나를 떠올렸다.

아무것도 하지 못했던 '나'를.

무림맹에서도, 북쪽에서도. 이성민은 아무것도 하지 못했다. 사건을 일으킨 것은 사마련주였고 사건을 진행하며 해결한 것 역시 사마련주였다.

모든 행동을 주체했던 것은 사마련주였으며, 그동안 이성민은 모든 일에서 주역이 아니었다. 사마련주가 했던 말이 맞았다.

사마련주가 퇴장해주지 않는 한, 이성민은 그 무엇도 할 수가 없다.

할 필요가 없다. 모든 일에 있어서 사마련주가 이성민보다 우월했기 때문이다.

진절머리가 난다. 무력하기 짝이 없는 나 자신에게. C급 용병에서 절정고수가 되었고, 초절정고수가 되었으며, 초월지경이 되었다.

하지만 결국 이성민이 무엇을 할 수 있단 말인가? 그래, 대부분의 문제에 있어서 이성민이 손에 넣은 힘은 문제를 해결하는 것에 큰 도움이 되었다.

하지만 여기까지다. 이성민은 잘 알았다. 이 이후에 일어날 일에 있어서, 이성민의 힘은 상황을 뒤집거나 이끌어나가는 것에 있어서 충분하지 않다.

그렇기에 사마련주가 저런 말을 하는 것이다.

[이성적으로 선택해라.]

허주가 경고했다. 그 말에 이성민은 큭큭 웃었다. 놀랍게도. 스스로도 신기했지만, 이성민의 이성은 차가웠다.

감정적인 동요는 사마련주의 죽음이 아닌 무력한 자신에 대한 것이었다.

나는 더, 무엇을 해야 할까. 므쉬의 산에서 수행했다. 데니르의 수행을 견뎌냈다. 천하제일의 절기인 흑뢰번천을 익혔고, 천하제일인인 사마련주의 제자가 되었다.

그것으로도 부족하다.

'나를 믿어야 해.'

이성민은 조용히 결론을 내렸다.

'나는 변하지 않는다. 변해서는 안 돼. 내 역할이 무엇인지는 모르겠지만, 나는…… 내가 하고 싶은 것을 하지 못하게 되고 싶지 않아.'

[……그러냐.]

'모르겠다. 어찌 될지 정말로 모르겠어. 운명이라는 놈이 나에게 강요하는 역할이 뭔지는 모르겠다. 운명의 가호가 사라진 지금의 내가 내리는 선택이 정답일지 아닐지 모르겠다. 하지만. 이것 하나만큼은 확실해. 나는 이렇게 하고 싶다.'

[그게 요괴가 될지도 모르는 선택이라고 해도?]

'나를 믿어야 해.'

다시, 이성민은 그렇게 중얼거렸다.

'무력한 나로 남고 싶지 않다. 이것이 유일한 방법이다. 지금의 내가, 앞으로의 상황을 뒤집을 만한 여지를 갖게 되는 유일한 방법. 내가 내려야 할 선택이 인간으로 남는가, 요괴가 되어 버리느냐, 라면. 나는 후자를 선택하련다. 요괴가 되어 힘을 얻고 싶다.'

[너는 뭘 하고 싶은 거냐.]

허주가 질문했다. 그 질문에, 이성민은 즉시 대답했다.

'스승님은 원수를 갚지 말라고 했다. 하지만 나는 원수를 갚고 싶다. 내가 그렇게 하고 싶으니까.'

[종언은?]

'막는다. 무신을 죽이고 뭔지도 모르는 종언을 죽여 버리겠다. 김종현이 남쪽에서 첫 번째 재앙이 된다면 나는 김종현을 죽여 버리고 재앙을 막겠다.'

[어쩌면…… 요괴가 되어버린 네가 김종현과 같은 재앙이 될지도 모른다. 그런 여지는 충분해. 어르무리의 요력은 끔찍할 정도로 거대하고, 이 어르신의 요력도 이미 상당수 너에게 넘어갔다. 거기에 너는 드래곤 하트의 힘까지 가지고 있지. 사마련주의 힘마저 더해지고, 네가 완전한 요괴가 되어 가진 힘을 모조리 쓸 수 있게 된다면…… 너는 이 어르신의 전성기에 버금가는 괴물이 될지도 모른다.]

'믿어.'

이성민은 감고 있던 눈을 떴다.

'내가 그렇게 되지 않을 것이라 믿는다.'

[병신 새끼. 그런 마음뿐인 것으로 요괴가 되기를 감당하겠다고?]

'넌 요괴치고 꽤 멀쩡하잖아.'

[이 어르신이 위대하기 때문이지.]

'네가 내게 깃들어 있다. 어쩌면, 나도 너처럼 될지도 모르지.'

[하하하! 너도 어지간히 미쳐 버렸구나. 말해봐라. 네가 믿는 것은 진정 너 자신이냐? 아니면 죽은 사마련주가 너에게 남긴 유언이냐? 그도 아니면 네 머릿속에 있는 이 어르신이냐?]

'전부 다.'

이성민의 대답에 허주의 말문이 막혔다.

'스승의 유언을 따른다는 마음도 있다. 나 자신에 대한 믿음도 있다. 믿을 수밖에 없으니까, 나는 나를 믿는 거야. 내게 역할이 있음을. 하필 전생의 돌을 잡아 돌아온 것이 나인 것이 아니라, '나라서' 돌아온 것이라 믿는다. 네가 말했었지. 너는 나를 만나기 위해 죽은 것일지도 모르겠다고. 그러니 너도 믿는다.'

[무책임한 말이로군.]

허주가 킬킬 웃었다.

[이거 하나만큼은 약속해 주마. 네가 스스로 통제할 수 없는 요괴가 된다면, 이 어르신은…… 내 존재가 소멸하는 것을 받아들여서라도 통제 불능인 된 너를 막아주마.]

그 말에 이성민은 희미한 미소를 지었다.

〈네 하고 싶은 대로 해라.〉

유언장의 마지막이 다가오고 있었다.

〈하고 싶은 대로 하고, 후회하지 않으면 된다. 본좌가 그리 했듯이 말이야.〉

그럴 생각이었다.

〈마지막으로. 먼저 죽어서 미안하구나.〉

유언장의 끝에서.

〈작은 의문이 든다. 본좌는, 마황 양일천은. 천하제일인이었나? 고금제일인이었나? 마도제일인은 당연한 것이지만 저 둘은 꽤 궁금하구나. 본좌가 어떤 식으로 죽었는지 지금으로써는 알 수 없으니 확신할 수가 없어. 물론 본좌는 마음속으로 본좌야말로 천하제일에 고금제일인이라고 생각한다.〉

[인간 중에서는 천하제일이고 고금제일이었다.]
허주가 중얼거렸다.

〈본좌는 본좌답게 죽었을 것이다.〉

유언장의 마지막 문장은.

〈천하제일, 고금제일임을 증명하면서. 그런 본좌가 어떻게 죽을지

기대되는군.〉

그것이었다. 언제 죽을지도 모르는 와중에 사마련주는 자신의 죽음을 기대하고 죽음으로써 증명될 일들에 대해 확신을 가지고 있었다.

예화는 더 이상 울지 않았다. 스칼렛은 한숨을 내쉬었다. 이성민은 조용히 유언장을 내려놓았다.

"먹겠습니다."

잠깐의 침묵을 가지고서, 이성민은 그렇게 말했다. 예화가 놀란 표정을 지었고 스칼렛이 자리에서 벌떡 일어섰다.

"……진심이야?"

"유언이었고, 저 스스로 그렇게 하기로 마음먹었습니다."

"하지만…… 그건 좀…… 끔찍하네."

스칼렛이 몸을 바르르 떨며 중얼거렸다.

"생으로 먹는 건 아니지……?"

"괜찮…… 습니다."

스칼렛의 머뭇거리는 질문 속에서, 예화가 떨리는 목소리로 답했다.

"주군의…… 유언입니다. 소련주께서 바라는 대로 하십시오."

그렇게 말하기는 했지만. 예화는 더 이상 보고 싶지 않다는 듯이 눈을 감았다. 이성민은 굳은 표정으로 사마련주의 시체를 내려 보았다.

"……선택. 그래, 선택이구나."

불편한 침묵 속에서 입을 연 것은 오슬라였다.

"련주는 비겁해. 죽었지만, 내가 이렇게 할 것이라는 것을 알고 있었어. 내가 련주가 했던 말을 기억하고, 그 시체를 이 숲으로 가지고 올 것도 알고 있었지. 그리고…… 내가 이후에 어떤 행동을 알지도 알고 있는 거야."

오슬라가 쿡쿡거리며 웃었다.

"이 정도의 일은 나도 할 수 있는 일이지. 내가 직접적으로 숲을 나가는 것도 아니니까 말이야. 응, 그러니까 나는 페널티를 입을 필요가 없는 거야. 누구도 내 행동을 구속하지는 못해."

"……무슨?"

"선택이야."

이성민의 질문에, 오슬라가 대답했다.

"너의 선택이고, 나의 선택이지. 네가 선택하였으니, 나 역시 선택하는 거야."

오슬라의 날개가 천천히 펼쳐졌다.

"예전에도 말했던 것처럼, 나는 너에게 우호적이야. 련주가 죽었고 련주의 뜻은 너에게 이어졌지. 그러니 나는 너에게 더욱 우호적이 될 수밖에 없어. 아니, 그것을 떠나서. 네가 하나의 선택을 내렸다면, 나는 네 조력자로서 너를 도와야 해."

"어떻게 돕겠다는 겁니까?"

"네 걱정의 일부를 덜어주지."

오슬라는 그렇게 말하면서 양손을 들어 올렸다. 활짝 펼친 나비의 날개가 찬란한 빛을 발했다.

"련주를 먹은 네가 폭주하지 않도록. 요성을 봉인해 주지. 완전하지는 않을지라도, 당장 네가 요괴로 변하는 일은 없을 거야. 다시 말하지만, 완전하지는 않아. 오히려 당장의 봉인은 나중에 봉인이 박살 날 때 더 큰 위험을 불러일으킬지도 몰라."

"당장 폭주하는 것보다는 낫겠지요."

"준비가 필요할 거야."

오슬라가 중얼거렸다.

"봉인된 요성이 폭주한다면 끔찍한 일이 벌어질지도 모르니까. 당장에 내가 해주는 봉인은 완전하지 않으니까, 너는 자기 자신을 완벽하게 통제할 수 있도록 준비해야 해."

므쉬의 말을 떠올린다. 준비해야 할 것이라는 그 말을.

"그럴 생각입니다."

이성민은 다시 사마련주의 시체를 내려 보았다. 그것을 보고서, 오슬라가 머리를 가로저었다.

"……네가 하려는 식사는 꽤 끔찍할 것 같아."

"그렇겠지요."

가슴을 가르고 심장을 꺼내 씹는다. 확실히, 어떻게 포장한다고 해도 그리 보기 좋은 광경은 아닐 것이다. 마음을 먹었다고 해도 맨정신으로는 불가능하다.

"내가 도와줄게."

오슬라가 한숨을 쉬며 말했다.

그녀가 손을 뻗자, 죽은 사마련주의 몸이 살짝 떨렸다. 사마련주의 왼쪽 가슴에서 붉은빛의 구체가 떠올랐다. 그것은, 정령의 여왕이 드래곤 하트에서 뽑아낸 힘과 닮아 있었다.

"방식도 중요해."

오슬라가 중얼거렸다.

"스스로 스승의 가슴을 가르고, 심장을 뽑아 씹고. 피를 마시고…… 그런 배덕은 인류을 정면에서 부정하는 것이지. 이런 방식으로 하는 것이 훨씬 나아."

그렇다고 해서 위험성이 완전히 사라지는 것은 아니지만. 오슬라는 그렇게 덧붙이며 이성민을 향해 빛의 구체를 보내주었다.

"먹어."

오슬라는 그렇게 말하고서, 날개와 함께 양손을 크게 펼쳤다.

"나는 봉인을 시작할 테니까."

to be continued

Wish Books
미래에서 온 영화감독
철순 현대 판타지 장편소설
WISHBOOKS MODERN FANTASY STORY
투자자의 갑질로 영화가 실패하여
빚만 남은 삼류 영화감독 강찬.
사채업자에게 잡혀 죽을 위기에 처한 순간
거부할 수 없는 제안을 받는다.
"기회를 줄 게요."
미래를 바꾸기 위해 과거로 돌아간 강찬.
22년 이내에 100억 관객을 동원하라!
미래에서 온 영화감독

맛깁 현대 판타지 장편소설
WISHBOOKS MODERN FANTASY STORY

책 먹는
배우님

"재희야, 너는 왜 대본을 항상 두 권씩 챙기냐?"

하나는 촬영장에 들고 다니며 남들에게 보여주는 용도,
또 다른 하나는

[드라마 〈청춘열차〉가 흡수 가능합니다.]
[대본을 흡수하시겠습니까?]

내가 먹을 용도로 쓰인다.
나는 대본을 집어삼켜, 오로지 내 것으로 만든다.

책 먹는 배우님

대본을 101% 흡수할 수 있는 배우,
재희의 이야기.

네 멋대로 던져라

세상S 현대 판타지 장편소설
WISHBOOKS MODERN FANTASY STORY

한때 최고의 신인으로 주목받던 구현진
구단의 강요로 망가진 몸을 이끌고 무리한 끝에
불명예스럽게 은퇴하고 만다.

그런 그에게 다시 주어진 기회!

"저 그냥 수술할게요. 아니, 수술받고 싶어요."

잘못된 과거를 고치고 메이저리그로 향하라!

〈네 멋대로 던져라〉

이제, 그를 막을 것은 없다.

스켈레톤 마스터

WISHBOOKS GAME FANTASY STORY
더페이서 게임 판타지 장편소설

오직 힘으로 지배되는 세상 일루전!

"스켈레톤 소환."

└ 미친…….
└ 저거 스켈레톤 맞아요?
└ 뭐가 저렇게 세?

수백이 넘는 소환수를 지휘하는 자,
극악의 난이도를 자랑하는 직업 조폭 네크로맨서!
8년 전으로 회귀한 강무혁의 도전이 시작된다.

「스켈레톤 마스터」

"나는 이곳에서 강자가 되겠다!"